Catherine May

EIN SOMMERTAGTRAUM

Aus Peter wird Petra

Erzählung

Crossdresser-Erzählungen
Band 9

Bibliographische Information der Deutschen Nationalbibliothek:
Die Deutsche Nationalbibliothek verzeichnet diese Publikation
in der Deutschen Nationalbibliografie. Detaillierte bibliografische
Daten sind im Internet unter http://dnb.dnb.de abrufbar.

© 01/2019 Catherine May, 2. Auflage
Herstellung und Verlag:
BoD – Books on Demand, Norderstedt

ISBN: 978-3-7481-4067-2

Vorwort

So hat es vermutlich bei so ziemlich jedem Crossdresser begonnen: Irgendwann während der Kinder- oder Jugendzeit – bei dem einen früher, bei dem anderen später – war da plötzlich jene eigenartige Faszination der Kleidung von Frauen. Da entdeckte man an sich selbst den seltsamen Wunsch, diese eigenartigen Kleidungsstücke und Stoffe zu berühren, die so ganz anders waren als das, was ein Junge normalerweise trug; sie auf der eigenen Haut zu spüren, sie im Spiegel an sich selbst zu sehen, in der Fantasie wie ein Mädchen auszusehen. Je früher sich diese Faszination äußert, desto unverstellter dürfte der Junge reagieren. Als Kind ist ihm die Scham vor der Travestie noch fremd, denn sie ist nicht angeboren; die Tabuisierung beginnt in den meisten Geschichten erst mit der Pubertät oder einige Zeit davor, wenn andere, weiterentwickelte Jungen sich dadurch profilieren wollen, dass sie sich über die Mädchen lustig zu machen beginnen, und wenn die Mädchen aufgrund der gänzlich anderen Entwicklung zu einem Geheimnis werden.

Doch ob noch als Kind oder schon als Teenager: Bei so ziemlich jedem Crossdresser war es so, dass er sich von dieser Faszination nichts anmerken lassen durfte oder wollte. Der Junge, der zu der seltsamen und seltsam mächtigen Faszination tatsächlich nichts kann, steht, wenn er nicht ganz besonderes Glück hat, irgendwann allein da mit seinen verstörenden Empfindungen.

Die Psychologen haben eine ganze Reihe von Erklärungen gefunden, mit denen sie das Entstehen der Neigung zum Crossdressing begründen. Alle aber scheinen darauf hinaus zu laufen, dass der Junge selbst eben nichts dafür kann, dass ihn Mädchenkleidung reizt. In jedem Fall aber und trotz aller wissenschaftlichen Erklärungen gibt es für den Jungen in der Regel niemanden, mit dem er über dieses befremdliche Erleben sprechen kann, und wenn er Glück hat, bemerkt er die seltsamen Verdikte, mit denen seine heimliche Liebe öffentlich belegt wird, erst später, wenn andere sie als ‚abartig', ‚pervers' oder ‚krank' bezeichnen. Gewöhnlich bleibt ihm keine Zeit, ein gesundes Selbstbewusstsein aufzubauen, mit dem er zu seiner Vorliebe stehen könnte – vor sich selbst und vielleicht sogar vor anderen. Ihm bleibt in den allermeisten Fällen nur die Scham und der Rückzug in die Heimlichkeit.

Der größte Teil der Crossdresser hat diese Verdikte irgendwann wahrgenommen und sich verstört in sein ganz persönliches Schneckenhaus geflüchtet. Es folgten die wütenden Versuche, die ‚Abartigkeit' in sich abzutöten. Wie oft wurden diese „nie wieder!"-Versprechen ausgesprochen, die doch von Anfang an zum Scheitern verurteilt waren! Wie traurig ist so manche Pubertät verlaufen, weil eine sexuelle Präferenz eben nicht einfach umzupolen ist und weil die Betroffenen mit ihrem Problem zudem vollständig allein dastanden. Die wenigsten fanden eine Vertrauensperson, der sie sich öffnen und mit der sie das Problem des ‚Andersseins' besprechen konnten. Zumal das Problem Crossdressing umso komplexer ist, als daran zwangsläufig die Frage der Homosexualität hängt: Muss ich nicht eigentlich schwul sein, wenn ich gern Röcke, Seidenstrümpfe und Spitzenunterwäsche trage, mich schminke und in High heels als Mädchen durch die Gegend stöckele? Darf ich mich trotzdem zu Mädchen und Frauen hingezogen fühlen, oder gehört zum Tragen von BH und Höschen nicht zwangsläufig die Vorstellung, in diesen Kleidern von einem *Mann* begehrt zu werden und Männer zu begehren? Solche Fragen aber bleiben in der Regel unbeantwortet und führen nicht nur zu Unsicherheiten, sondern gelegentlich zu handfesten Lebenskrisen, deren Auswege vom Verbleiben im heimlichen Crossdressing bis zur vollständigen Geschlechtsumwandlung reichen können.

Die Geschichte *Ein Sommertagtraum* erlaubt es sich (und den Lesern), zu träumen: So könnte die Geschichte eines Jungen *auch* verlaufen in einer irgendwie besseren Welt. Es bleibt bewusst offen, ob der Junge *von sich aus* zum Crossdresser geworden wäre, obwohl zugleich dieser sanfte Zwang zu den allermeisten Geschichten notwendigerweise hinzugehören scheint. Der Zwang dürfte typisch sein für diese eigenartige Species von Mensch, die in unserer scheinbar so aufgeklärten Gesellschaft noch immer so häufig als pervers und damit ‚falsch‘ oder sogar ‚schlecht‘ angesehen wird.

Die Erzählung ist bewusst nicht als *erotische* Erzählung angelegt. Ein Crossdresser kann seine Vorliebe auch genießen, ohne sie in sexueller Weise auszuleben. Und genau dies soll ja das Thema dieses Tagtraums sein: Die Faszination der Körperlichkeit äußert sich auch in leiseren Tönen als im sexuellen Akt. Der Traum aber ist perfekt, wenn die Vorliebe auf die Liebe trifft.

Prolog

Peters Eltern liebten Familienausflüge. Für Peter waren sie immer langweilig. Erst lange im Auto sitzen und still sein müssen, dann irgendwelche alten, nach abgestandenem Weihrauch riechende Gemäuer oder langweilige Bilder mit lauter seltsam aussehenden Leuten drauf ansehen oder, noch schlimmer, stundenlange Spaziergänge durch öde Wälder machen. Der Supergau war es, Oma und Opa zu besuchen, wo man wieder stillsitzen und sich jedes Mal anhören musste, wie sehr man schon wieder gewachsen sei. Ja, Peter war schon deutlich größer als der winzige Opa, aber erstens war das wirklich keine Leistung, und dann ständig diese eiteitei-Sachen – das war alles nicht sein Ding. Langweilig eben. Öde! Nichts für einen richtigen Mann! Und schon gar nicht, wenn zu Hause der Computer darauf wartete, dass der *Superhero Agathon* den nächsten Level schaffte und seinen *Score* unaufhaltsam dem *Highscore* entgegen trieb.

Diesmal hatte ein Besuch bei Freunden auf dem Programm gestanden – Freunden der Eltern, selbstverständlich, der ‚Alten', wie Peter sie heimlich bei sich nannte. Woher auch immer sie sich kannten, die Freunde wohnten jedenfalls einige Stunden Autobahnfahrt entfernt irgendwo auf dem Land, wo es weit und breit nur Felder und Bäume und Kühe gab, rein gar nichts Interessantes also. Es war abzusehen gewesen, dass viel gesessen und geredet würde. Wahrscheinlich war es der Plan gewesen, noch den obligatorischen Spaziergang zu machen – er hatte sich auf einen öden Tag eingestellt, an dessen Abend dann wieder einige Stunden Autofahrt gestanden hätten und dessen Bilanz übersichtlich gewesen wäre: nichts Neues unter der Sonne.

Dann aber war doch etwas Unerwartetes geschehen: Die Freunde waren jünger als erwartet und wirklich *sehr* nett. Sie gingen mit Kindern – oder Jugendlichen, denn Peter war selbstverständlich kein Kind mehr – um wie mit Erwachsenen, nicht wie Oma und Opa, die Peter und seine ältere Schwester immer wie Babys behandelten. Sie waren gut gelaunt gewesen, und sie hatten drei Töchter, die alle drei super aussahen. Sie waren etwas älter, gleichalt und deutlich jünger als Peter. Die älteste hatte sich gleich mit seiner Schwester beschäftigt, die jüngste war die meiste Zeit bei den Eltern geblieben, und die mittlere ... Julie hieß sie, und wenn er sie angesehen hatte, hatte er zuerst nicht gewusst, was er sagen sollte. Ihm war irgendwie der Atem weggeblieben, so gut sah sie aus. Und sie war unbegreiflicherweise total nett zu ihm gewesen: Sie hatte ihn nicht merken lassen, dass sie ihn merkwürdig oder uninteressant fand, ganz im Gegenteil. Sie hatte ihm ihr Zimmer gezeigt und dort hatten sie lange gesessen und sich unterhalten, und egal was sie gesagt hatte, er hatte es immer spannend gefunden. Sie hatten über Rockgruppen und Konzerte gesprochen, über Filme, die sie beide mochten, oder Bücher, die sie gelesen hatten. Julie hatte ihm Sticker-Alben gezeigt, die sie fleißig gefüllt hatte, selbst ihre Euro-Münzen-Sammlung hatte er faszinierend gefunden, nicht zuletzt da Julie, während sie das Album aufschlug, *sehr* nahe bei ihm gesessen hatte. Manchmal hatten sie sich wie zufällig an den Armen oder Beinen berührt und jedes Mal war ihm dabei heiß geworden. Er hatte nicht denken können, hatte alles um sich herum vergessen in der Nähe dieses Mädchens, das so fröhlich vor sich hin plapperte. Aber das verwirrendste war gewesen, dass auch sie sich wohlzufühlen schien. Sie hatte jedenfalls immer Neues gefunden, das sie ihm zeigen und worüber sie sich unterhalten wollte. Und manchmal berührte sie ihn sogar ganz absichtlich. Daran gab es keinen Zweifel. Sehr seltsam, das!

Irgendwann hatten sie über die Ferien gesprochen, die gerade begonnen hatten, über Reisen, die sie gemacht hatten. Julie hatte schon einiges von der Welt gesehen, wie Peter schien, während er selbst bis jetzt immer in Europa geblieben war – Deutschland, Holland, Dänemark, einmal Italien. Plötzlich war ihm bewusst geworden, dass er davon träumte, mit Julie durch die Rockies zu fahren auf einem Motorrad mit hohem Lenker und Ledertaschen, auf denen sie saß, eng an ihn geschmiegt. Tagelang würden sie nichts anderes tun als so zu sitzen und die langen, gerade Straßen entlang zu donnern, während er sie an seinem Rücken spürte, ihre Hände um seinen Bauch gelegt, die Sonne brennt heiß ...

„Was hast du gesagt?" Er war aus seinen Träumen aufgeschreckt.

„Meine Eltern haben zum Essen gerufen", hatte Julie wiederholt und ihn angelächelt, wie sie schon die ganze Zeit gelächelt hatte.

„Oh", Peter war erschrocken, „ist es denn schon so spät?"

„Ihr seid sogar schon ziemlich spät dran", hatte Julie entgegnet, „ihr müsst ja noch weit fahren, und inzwischen ist es schon dunkel."

Bei dem Gedanken war Peter plötzlich traurig geworden. Fieberhaft hatte er darüber nachgedacht, wie er die Abfahrt verzögern könnte. Aber sein Hirn war wie vernagelt gewesen. Also war er Julie langsam die Treppe hinunter ins Esszimmer gefolgt, wo die anderen damit beschäftigt gewesen waren, den Tisch zu decken.

Alle außer Peter waren offensichtlich bester Laune gewesen. Es wurden Witze gemacht und gelacht, die Eltern schienen sich köstlich amüsiert zu haben und auch Peters ältere Schwester hatte offenbar viel Spaß gehabt mit Charlie, der großen Schwester von Julie, die fast schon eine Frau war, wie Peter fand. Sie hatten getuschelt und sehr vertraut getan, hatten viel gelacht und sich lebhaft – und ein bisschen vorlaut, wie es Peter schien – am Tischgespräch beteiligt.

Plötzlich hatte Peters Mutter zu ihm herüber gesehen. „Was ist denn mit dir, Peter? Du bist ja so still," hatte sie gefragt.

Peter war aus seinen traurigen Gedanken aufgeschreckt. „Nichts", hatte er schlicht gesagt. Was hätte er auch sagen sollen? Schließlich wusste er selbst nicht so genau, was los war.

Aber damit hatte sich seine Mutter nicht abwimmeln lassen. „Ist dir nicht gut? Du bist so blass."

Blass? Wieso blass? Immer diese blöden Fragen. „Kopfschmerzen", hatte Peter vielsagend und offensichtlich leidend gehaucht. Eine plötzliche Eingebung, schon häufig bewährt. Da brauchte es keine weiteren Erklärungen und er hatte gewöhnlich seine Ruhe.

Seine Mutter hatte ihn besorgt angesehen. „Schon wieder? Das … und wir haben deine Tabletten nicht dabei." Damit hatte sie sich an Julies Eltern gewandt. „Er hat in letzter Zeit so häufig Kopfschmerzen, dass Dr. Brandt ihm leichte Tabletten verschrieben hat. Das sei soetwas wie eine Jugend-Migräne, sagt er, Peter ist in letzter Zeit ja so *unglaublich* gewachsen! Und zugleich ist er viel zu dünn für einen Jungen in seinem Alter und von seiner Größe."

„Ja", hatte Julies Mutter entgegnet, „er ist wirklich groß für sein Alter, schon fast so groß wie Charlie, aber auch ziemlich schlank."

„Dr. Brandt hat einmal gesagt, dass wegen des starken Wachstums Störungen auftreten und dass Kopfschmerzen dazu gehören können."

Alle hatten Peter besorgt angesehen. Peter hatte sich plötzlich tatsächlich krank gefühlt, hatte die Kopfschmerzen und sogar eine leichte Übelkeit gefühlt, die zu seinen Migräne-Anfällen gewöhnlich hinzugehörte.

„Und jetzt noch die lange Autofahrt", hatte die Mutter noch einmal geseufzt und wieder war eine kurze Pause eingetreten.

„Warum lasst ihr ihn nicht einfach hier?" hatte da Julies Mutter plötzlich vorgeschlagen. „Wir haben Platz genug. Und er hat doch Ferien!"

Seine Mutter hatte Peter besorgt angesehen. „Stimmt", hatte sie dann nachdenklich zugegeben, „er hat ja Ferien. Eigentlich gar keine schlechte Idee. Autofahren ist in einer solchen Verfassung sehr schädlich für ihn. Meist muss er sich dann übergeben, und wenn er zu Hause ankommt, ist er weiß wie ein Laken und muss sofort ins Bett."

Peter hatte sich immer blasser werden gefühlt, die Kopfschmerzen waren geradezu übermächtig geworden. Die Übelkeit hatte apokalyptische Züge angenommen.

„Aber er hat gar nichts zum Anziehen dabei, auch nichts zum Waschen."

„Na, das wird sich hier doch wohl noch finden lassen. Und wenn ihr zu Hause seid, packst du alles, was er braucht, in ein Postpaket und bringst es gleich morgen zur Post. Dann sind seine Sachen übermorgen hier."

„Was hältst denn du davon?" hatte sich seine Mutter an Peter gewandt, „dann müsstest du jetzt nicht die lange Autofahrt mitmachen. Und du könntest hier ein paar Tage Ferien machen."

Peter hatte gekonnt einen Augenblick gezögert. Gewaltsam hatte er sich selbst daran gehindert, zu Julie hinüber zu sehen. „Okay", hatte er dann ergeben geflüstert und gehofft, dass niemand seine Freude bemerkte.

„Du könntest ein paar Tage bleiben, und entweder holt Papa dich dann am nächsten Wochenende ab oder, wenn du nicht so lange warten willst, Maria setzt dich in den Zug und du bist ganz schnell wieder zu Hause. Dann hast du immer noch Ferien genug, um mit deinen Freunden loszuziehen."

„In Ordnung", hatte Peter wiederum geflüstert, ohne die Leidensmiene schon aufzugeben. Aus dem Augenwinkel hatte er gesehen, dass Julie strahlte.

„Ich werde gleich das Bett im Gästezimmer beziehen", hatte ihre Mutter gesagt und war aufgestanden und die Treppe hinauf gegangen. Peters Mutter war ihr gefolgt.

„Aber mach nichts Dummes!", hatte Peters Vater nun gesagt, sich zu ihm herübergebeugt und ihm einen leichten Klapps gegen seinen Oberarm gegeben, „hörst du?"

Peter hatte genickt. Papa hatte sich offenbar nicht täuschen lassen. Aber bei ihm war sein Geheimnis sicher, das hatte Peter gewusst. Er hatte ihn kurz dankbar angesehen. Sein Vater hatte verschwörerisch gelächelt, dann hatte er sich wieder an Julies Vater gewandt, um das Gespräch fortzusetzen, das er mit ihm geführt hatte über ... weiß die Hölle worüber!

So war es gekommen, dass Peter plötzlich in einem völlig fremden Bett gelegen und kaum gewusst hatte, wie ihm geschah. Er hatte sich bis auf Unterhemd und Unterhose ausziehen müssen, Julies Mutter hatte ihm eine

Zahnbürste und Zahnpasta gegeben, er hatte sich die Zähne geputzt und war dann in seiner Unterwäsche ins frisch bezogene, duftende Bett gestiegen – wo er sich, sobald er allein gewesen war, zum ersten Mal ein überlegenes, triumphierendes Lächeln erlaubt hatte. Genießerisch hatte er sich auf den Rücken gelegt und die Hände hinter dem Kopf verschränkt. Kopfschmerzen? Wer hatte etwas von Kopfschmerzen gesagt?! Was eigentlich *waren* Kopfschmerzen?

Die Eltern hatten zum Abschied noch einmal kurz ins Zimmer gesehen, doch Peter hatte so getan, als ob er schon schlief. Seine Mutter hatte ihm einen Kuss auf die Stirn gegeben – es hatte ihn warm durchströmt – und wenig später hatte Peter gehört, wie das Auto gestartet worden war und sich entfernt hatte.

Ein seltsames Gefühl hatte ihn überkommen. Und immer wieder hatte er das Bild von Julie vor sich gehabt.

Erwachen

Er hatte lange nicht einschlafen können, doch am nächsten Morgen war er sofort wach, als Julies Mutter leise die Tür öffnete und nach ihm sehen wollte.

„Wie geht es dir jetzt?", fragte sie, als sie ihn mit geöffneten Augen im Bett liegen sah.

„Besser", antwortete Peter, ohne sich allzu festlegen zu wollen. Schließlich wollte er ja nicht gleich in den nächsten Zug gesetzt werden, um wieder nach Hause zu fahren. Das wäre ‚kontraproduktiv', wie er entschieden feststellte. Immernoch stand Julies Bild vor seinem inneren Auge, wie sie neben ihm gesessen hatte, und ihm war ganz wohlig warm, als wenn er in ihrer Nähe ... irgendwie ... vollständiger gewesen wäre.

„Meinst du, du kannst etwas frühstücken?"

„Ich glaube schon", erwiderte Peter, „soll ich herunterkommen?"

„Das wäre gut. Die anderen sitzen schon am Frühstückstisch."

Schnell zog Peter sich an und folgte Julies Mutter die Treppen hinunter.

Das Frühstück verlief munter. Alle schwatzten durcheinander. Peter saß neben Julie und war bester Laune. Er beteiligte sich am Gespräch und mampfte währenddessen Toast mit Marmelade oder Nutella, und da Julies Vater einen Toast nach dem anderen aus dem Toaster springen ließ, aß Peter bis er nicht mehr konnte. Dazu trank er Milchkaffee, denn Julies Vater Paul meinte, das sei gut gegen Kopfschmerzen und für den Kreislauf. Julies Mutter hatte nur dazu gelächelt und ihm eine

Tasse eingeschenkt. Und Julie schwatzte und redete, dass Peter vor Entzücken alles um sich herum vergaß.

Er beobachtete sie. Er fand sie wunderschön! Sie war ein richtiges Mädchen, mit langen, blonden Haaren, die sie heute offen trug bis auf einen geflochtenen Zopf am Hinterkopf, der über ihre langen Haare fiel. Ihre Augen blitzten, sahen immer wieder verschmitzt zu ihm herüber, und sie war hübsch. Ein hübscheres Mädchen konnte er sich nicht vorstellen. Sie trug ein Kleid, das ihr sehr gut stand in seinen Lieblingsfarben blau und rot.

Sie war so schön, dass er gar nicht fassen konnte, dass sie *ihn* nett zu finden schien, dass sie wirklich *ihn* so freundlich behandelte, als sei er ihr Bruder oder ihr ... Freund.

Irgendwann kam das Gespräch auf das, was sie nun unternehmen wollten, nachdem Peter sich offensichtlich wieder erholt hatte. Ein Blick aus dem Fenster hatte gezeigt, dass der Himmel verhangen war und ein leichter Nieselregen fiel. Julie wollte Peter unbedingt den Ententeich zeigen, der ein Stück hinter dem Haus im Wald lag und wo man nicht nur unterschiedliche Enten, sondern auch, wenn man ganz still war, Rehe sehen konnte. Allerdings war Peter für einen solchen Ausflug bei diesem Wetter gar nicht ausgerüstet. Er hatte nur die dünne Jacke dabei, die er für die gestrige Autofahrt gebraucht hatte. Er wies darauf hin und wollte schon etwas anderes vorschlagen, da sagte Julies Mutter:

„Aber wir haben doch Regenmäntel genug, da wird doch einer dabei sein, der Peter passt. Papas Regenmantel wird dir wohl nicht passen, aber Charlie ist ungefähr so groß wie du. Und bekanntlich *liebt* Charlie ja Regenmäntel, nicht wahr, mein Schatz? Da gibt es doch gleich eine ganze Sammlung, unter denen ihr auswählen könnt." Und sie lächelte ihre große Tochter auffordernd an. Die lächelte zurück, auch wenn sie nicht ganz so begeistert zu sein schien.

„Und Schuhe?", fragte Julie Peter, „hast du Schuhe dabei außer deinen Sandalen?"

Peter sah auf seine Sandalen hinab. „Tja, also ... eigentlich nicht."

„*Eigentlich*?"

„Ja, also: nein."

„Na, dann nimmst du eben Gummistiefel aus unserem Schuhschrank. Welche Schuhgröße hast du?"

„41."

„Wie Charlie. Also kein Problem."

Peter war es für einen Augenblick etwas komisch. Er sollte Mädchen-Gummistiefel und einen Mädchen-Regenmantel anziehen?! Wie würde das denn aussehen? Aber niemand schien etwas dabei zu finden und er wollte unbedingt mit Julie losziehen. Also blieb ihm nichts anderes übrig.

„Gut, also dann los!" Und schon war Julie aufgesprungen. „Komm mit, Peter, wir suchen dir einen Regenmantel aus."

„Aber nicht meinen guten," rief Charlie den beiden hinterher, als sie die Treppe hinaufliefen, „und auch nicht den blauen!"

Julie führte Peter in Charlies Zimmer und öffnete den Kleiderschrank, der eine ganze Wand des Zimmers einnahm. Peter war beeindruckt. In dem Schrank hingen sehr ordentlich sehr viele Kleider, einige wenige Hosen, Jacken und Mäntel, und ganz rechts außen, neben den Jacken und Mänteln, vier bunte Regenmäntel. Nur: keiner von ihnen war gelb, wie ein Ostfriesennerz. Sie waren alle drei bunt, mit farbigen Mustern darauf.

„Zieh den mal über", sagte Julie und reichte ihm einen roten Regenmantel, der nur verhältnismäßig unauffällige Streifen hatte.

Peter zog ihn über.

„Zu eng", befand Julie mit Kennerblick.

„Und außerdem mein bester", kam es von der Tür. Charlie war ihnen gefolgt. „Ich habe doch gesagt: nicht den. Gib ihm mal den mit dem Schottenmuster."

Die Grundfarbe war ebenfalls rot, das Schottenmuster war überwiegend rosa, ein Streifen etwas heller, einer etwas dunkler, daneben war ein breiterer blauer Streifen. Trotzdem blieb der Gesamteindruck: rosarot.

Peter zog ihn kommentarlos über. Allein die Tatsache, dass er anzog, was Julie ihm gab, ließ es in seinem Bauch kribbeln und in seinen Ohren dröhnen. Charlie kam näher, schloss die Druckknöpfe und zog den Gürtel eng.

„Geht doch." Sie musterte ihn. „Damit wirst du jedenfalls nicht nass, wenigstens bis zu den Oberschenkeln. Ich hab sogar die passenden Gummistiefel dazu. Komm mit."

Damit war sie schon wieder aus dem Zimmer, ging die Treppe hinunter und verschwand hinter der Kellertür. Peter erwartete sie im Esszimmer, wo Julies Mutter und die jüngste Schwester Marie damit beschäftigt waren, den Tisch abzuräumen. Sie warfen nur einen kurzen Blick auf ihn, für sie schien es die größte Selbstverständlichkeit zu sein, dass ein Junge einen Mädchen-Regenmantel trug.

Als Charlie wieder erschien, hatte sie Gummistiefel in der Hand, die ziemlich genau in den gleichen Farben waren wie der Regenmantel. Allerdings hatten sie kein Schotten-, sondern ein Blumenmuster. Nun regte sich in Peter doch leichter Widerstand.

„Zieh sie an", drängte Julie ihn, „dann sehen wir, ob sie dir passen."

Zögernd stieg Peter hinein. Sie saßen enger als seine eigenen, aber zur Not würde es gehen. Auch wenn das Muster schon *ziemlich* mädchenhaft war ...

„Wenn sie dir zu eng sind, musst du eben dünnere Socken anziehen", sagte Charlie sachlich. „Deine Tennissocken sind ja ziemlich dick. Zieh sie mal aus." Damit verschwand sie wieder auf der Treppe und kam kurz darauf aus ihrem Zimmer mit einem Paar roten Socken, die einen deutlich dünneren Stoff hatten als seine dicken Tennissocken.

„Versuch die mal!"

Peter schlüpfte wieder aus den Stiefeln, zog seine eigenen Socken aus und die von Charlie an. Der dünne Stoff fühlte sich seltsam ungewohnt an. Doch als er damit in die Stiefel stieg, saß alles wie angegossen.

„Also", sagte Julies Mutter, die den letzten Teil der Anprobe beobachtet hatte, „dann seid ihr ja ausgestattet. Aber seid zum Mittagessen wieder zurück. Es gibt Würstchen und Kartoffelsalat!"

Peter fühlte sich wie im Märchen, ohne dass er genau sagen konnte, woran das lag. Hier war alles anders. Hier wurde er anders behandelt, hier wohnte er in einem anderen Zimmer, andere Menschen waren um ihn und nun trug er auch noch andere Kleidung als seine gewohnte. Und dann war da Julie. Wenn er sie ansah, wurde ihm warm, wenn er ihre Stimme hörte, kribbelte es in seinem Bauch. Am liebsten hätte er sie berührt, sie gestreichelt, vielleicht sogar umarmt. Sie zog ihn an wie ein Magnet ein Stück Eisen, in ihrer Nähe fühlte er sich ... ganz anders.

Sie hatte sich selbst ihren Regenmantel angezogen, dazu eine neckische Regenkappe aufgesetzt und war ebenfalls in Gummistiefel geschlüpft – alles knallbunt, mit vielen Blumen darauf.

„Komm!", sagte sie dann, „lass uns gehen – nicht dass der Regen noch aufhört, bevor wir draußen sind", und sie lachte über ihren eigenen Witz.

Draußen steuerte sie unmittelbar den nahen Wald an. Der Regen fiel in dünnen Schleiern. Peter schlug die Kapuze seines Regenmantels hoch und zog noch einmal den Gürtel enger. Der Mantel war von ihnen gefüttert, fühlte sich weich an und hielt ihn angenehm warm.

Schon nach wenigen Metern war der Weg nur noch ein Trampelpfad, auf dem sie sich hintereinander bewegen mussten. Peter folgte Julie dicht auf den Fersen und versuchte, sich wie sie möglichst leise zu bewegen. Das war im Regenmantel nicht einfach, denn er quietschte und knartschte bei jeder Bewegung und auch die Stiefel machten Geräusche.

Irgendwann blieb Julie stehen, zog Peter an seinem Ärmel nahe an sich heran, legte den Finger auf die Lippen, die nahe an seinem Gesicht waren, und flüsterte ihm ins Ohr: „Sei ganz leise. Da vorne ist einer von Papas Hochsitzen. Da können wir uns hinsetzen und auf den Teich schauen."

Erst jetzt bemerkte Peter, dass sich links vor ihnen die Bäume lichteten und das spiegelglatte Wasser eines Teichs hindurchschimmerte. Julie ging darauf zu, dann am Rand des Teichs entlang, bis sie zu einem Hochsitz kamen. Sie legte die Hände an das Holz der Leiter und stieg langsam und leise hinauf. Oben öffnete sie die Tür, stieg in die Kanzel und ließ Peter zu sich hinein. Es gab eine kleine Bank, auf die sie sich setzten, und in den Außenwänden Fenster, durch die sie hinausschauen konnten. Der Raum war so klein, dass sie eng neben einander sitzen mussten.

Peter genoss es. Sie saßen so nahe beieinander, dass er durch die beiden Regenmäntel hindurch die Wärme ihres Körpers spürte. Julie hatte ihre Kappe abgenommen, er schlug seine Kapuze zurück. So saßen sie, schauten und lauschten.

Ihre Schultern berührten sich ebenso wie ihre Arme und Beine. Keiner von ihnen bewegte sich. Irgendwann nach geraumer Zeit hob Julie langsam ihren Arm und zeigte in Richtung Teich. Eine graue Ente mit einem leuchtend grünen Kopf kam langsam aus dem Dickicht geschwommen, hinter ihr eine braune und dann, eins nach dem anderen, fünf winzig kleine Küken.

Julie näherte ihr Gesicht dem seinen, bis sie sich fast berührten, und flüsterte: „Wir haben das Fernglas vergessen."

Peter nickte, wandte sich Julie zu, bis seine Lippen fast ihr Ohr berührten, und flüsterte zurück: „Macht nichts." Dann drehte er den Kopf wieder und spürte die Erstarrung seines Genicks. ‚Ich hätte sie küssen können', schoss es ihm durch den Kopf, ‚ich Depp hätte sie küssen können!'

Wieder verging Zeit. Weitere Enten kamen auf den Teich geschwommen. Die einen bezeichnete Julie flüsternd als Stockenten, eine andere als Krickente, wieder andere als Knäk- oder Löffelenten. Sie schien alle ganz genau zu kennen. Peter kam sich dumm vor. Er hatte nicht einmal gewusst, dass es verschiedene Entenarten gibt, geschweige denn, wie sie heißen könnten. Für ihn waren Enten Enten und beim Chinesen konnte man sie essen.

„Ein Haubentaucher!" flüsterte Julie plötzlich und legte vor Aufregung ihre Hand auf Peters Oberschenkel. Mit der anderen zeigte sie ins Dickicht. „Der ist hier selten."

Peter sah zuerst nichts, dann erkannte er einen Vogel mit einem sehr langen Schnabel und einer Art Haube auf seinem Kopf. Er saß unbewegt im Dickicht.

„Und das da hinten", damit griff Julie unter Peters Oberarm und drehte ihn in die entsprechende Richtung, „könnten Säger sein, ein Gänsesäger vielleicht."

Peter blieb stumm – vor Ehrfurcht und vor Aufregung. Er war beeindruckt angesichts dessen, was Julie alles wusste, aber ihre Nähe lähmte ihn geradezu. Er konnte die Vögel kaum auseinanderhalten, geschweige denn, dass er sie ohne ihre Hilfe überhaupt sah. Aber Julie schien voll in ihrem Element zu sein.

Wieder rückte sie ein Stück näher, als sie in den Wald deutete und flüsterte: „Und da hinten sind auch die Rehe, siehst du? Eine Ricke mit zwei Kitzen. Kannst du sie sehen?"

Nun war ihr Gesicht, im Bemühen, seinen Blick zu lenken, keine zwei Zentimeter mehr von dem seinen entfernt.

„Normalerweise hat eine Ricke nur *ein* Kitz, weißt du. Dass sie zwei hat, kommt nur ganz selten vor. Und die da *wohnen* hier!"

Und da geschah es. Peter hatte auf die Gelegenheit gewartet und sich vorbereitet. Als sie aufhörte zu sprechen und noch einen Augenblick so nahe bei ihm verharrte, gab er ihr einen Kuss auf ihre Wange. Einen schnellen, unbeholfenen Kuss, aber es war ein Kuss! Ihre Wange war wunderbar weich und ganz warm.

Julie bewegte sich nicht. Sie schien noch immer die Rehe zu beobachten. Aber Peter achtete nicht mehr auf die Tiere. Er sah nur noch Julie und wartete auf eine Reaktion. Julie bewegte sich noch immer nicht. Da fasste er sich ein Herz und drückte noch einmal seine Lippen auf ihre Wange. Sie hielt ganz still. Ein paar Sekunden lang blieben sie völlig unbewegt, dann löste Peter seine Lippen wieder von der glatten, warmen Haut.

Julie richtete sich etwas auf. Langsam drehte sie ihr Gesicht zu dem seinen. Dann schloss sie langsam die Augen, wartete einen Augenblick und küsste ihn dann auf den Mund, lange und ohne sich zu bewegen. Peter fühlte ihre Lippen, die weich waren und sich anfühlten wie ein dickes Daunenkissen, in dem man versinken konnte. Schließlich bewegte er sein Gesicht ganz leicht und genoss noch mehr, wie seine Lippen mit den ihren verschmolzen.

Die Regenmäntel knartschten. Julie drehte sich wieder um. „Ich finde die Krickenten am schönsten", flüsterte sie, „sie haben einen so schönen Kopf. Aber auch die Knäckenten sind sehr schön."

Irgendwie war Peter erleichtert. Das Leben ging einfach so weiter, auch nachdem er ein Mädchen geküsst hatte. Und das, obwohl dieses Mädchen so unwahrscheinlich viel klüger war als er. Und so unglaublich schön! Und noch dazu, obwohl er einen Mädchen-Regenmantel und Mädchen-Gummistiefel und sogar -Socken trug. Das schien sie gar nicht zu stören.

Inzwischen hatte es aufgehört zu regnen. Der Teich lag wie ein Spiegel mitten im Wald vor ihnen. Wieder knartschten die Regenmäntel, als Julie sich langsam bewegte. Sie nahm Peters rechte Hand in ihre linke und drückte sie ganz fest an ihr Bein. Peter überließ ihr seine Hand, Hauptsache, sie ließ sie nicht los. So saßen sie geraume Zeit. Auf dem Teich schwammen die Enten hin und her, im Wald kamen die Rehe erst näher und pflückten ein paar Blätter von den Sträuchern, dann entfernten sie sich langsam wieder. Peter hatte jedes Zeitgefühl verloren.

Irgendwann setzte der Regen wieder ein. Erst fielen einige wenige Tropfen, dann wurde er stärker und stärker, bis er so dicht fiel, dass man kaum noch über den

See schauen konnte. Dessen Oberfläche lag noch immer ganz glatt, die Regentropfen fielen ohne jede Welle durch sie hindurch. Langsam bildete sich ein kleiner Film von Sprühwasser auf der Oberfläche.

Julie und Peter lehnten noch immer dicht aneinander, die Hände verschränkt, und sahen verträumt von ihrem heimeligen Plätzchen in den stillen Wald hinaus.

Dann flüsterte Julie: „Hast du Hunger?"

Peter, der am liebsten für immer so gesessen hätte, antwortete: „Gibt's denn schon was zu essen?"

„Mama hat das Essen sicher schon fertig."

„Aber es regnet."

„Wir haben doch die Regenmäntel."

„Also gut."

Als sie die Tür öffneten und die Leiter herunterstiegen, merkten sie erst, wie dicht der Regen tatsächlich fiel. Julie nahm Peters Hand und begann zu rennen. Unter den Bäumen waren die Tropfen weniger, aber dicker. Sie rannten noch immer. Auf den letzten Metern vor dem Haus wurden sie noch einmal richtig nass, aber Julie ließ Peters Hand nicht los, so schnell sie auch liefen.

Alles fließt

Das Laufen hatte sie erhitzt. Als sie das Haus betraten, schwitzten beide. Unter den Regenmänteln war es feucht, und als sie sie auszogen, fingen beide gleichzeitig an zu frieren.

„Ihr müsst schnell unter die warme Dusche und dann trockene Sachen anziehen. Sonst erkältet ihr euch noch und du musst den Rest der Zeit hier bei uns doch noch im Bett verbringen, Peter."

„Aber ich habe doch nichts anderes anzuziehen", wandte Peter ein.

„Wir werden schon irgendetwas finden, das dir passt. Bis ich deine Sachen gewaschen und durch den Trockner geschickt habe, wirst du damit leben müssen, fürchte ich."

„Aber …"

„Nichts ‚aber'. Ab unter die Dusche! Während du duschst, werden wir sehen, was wir für dich haben."

Peter fror inzwischen erbärmlich. Also widersprach er nicht weiter, drehte sich um und ging ins Bad. Dort zog er seine feuchte Kleidung aus, warf sie auf einen Haufen vor dem Waschbecken und stieg in die Dusch-kabine. Maria hatte recht: das warme Wasser tat wirklich gut. Peter ließ es genießerisch über seine Haut rinnen und gab seinen Gedanken und Gefühlen freien Lauf.

Er hatte Julie geküsst! Sie war so schön und so klug, dass er kaum glauben konnte, dass sie sich das hatte gefallen lassen – ausgerechnet von ihm. Aber es war ja mehr. Sie hatte ihn auch geküsst, noch dazu auf den Mund! Sie hatte seine Hand gehalten und sie nicht wie-der losgelassen. Diese Zeichen waren deutlich genug, um ihm zu sagen, dass sie auch ihn nett finden musste. Waren sie jetzt ein Paar? ‚Gingen' sie nun miteinander?

Peter berührte wie zufällig seinen Penis – er war erstaunlich steif. Natürlich hatte er Aufklärungsunterricht in der Schule gehabt. Da hatte er allerhand darüber gehört, was zwischen Frauen und Männern geschehen kann. Sie hatten ihre Witze darüber gerissen, manche Jungen hatten seltsame Bewegungen mit der Hand dazu gemacht, die irgendwie damit zusammenhängen mussten, und es waren hässlich klingende Wörter durch den Raum geschwirrt, mit denen er nichts hatte anfangen können. Aber er hatte noch nie erlebt, dass all das tatsächlich etwas mit der Realität zu tun hatte. Ja, er wusste, dass aus dem Penis des Mannes ‚Ejakulat' herauskam und dass das sogar mit einem ganz besonderen Gefühl verbunden sein musste. Aber das hatte er noch nie im Zusammenhang mit einem Mädchen erlebt. Das war bisher alles bloße Theorie und Zukunftsmusik. Er hatte sich etwas, das diesem Gefühl vielleicht irgendwie ähnelte, ein paarmal selbst verschafft, heimlich, wenn er allein war, aber es war so kurz gewesen, dass er kaum verstand, warum darum ein solches Aufheben gemacht wurde.

Aber jetzt stand sein Penis deutlich ab. Er stand und ihm war ganz seltsam zumute. War das Nervosität? War er aufgeregt? Sollte er … er dachte wieder an die Bewegung, die die Jungen mit der Hand gemacht hatten. Nicht hier! Hier konnte in jedem Augenblick jemand hereinkommen. Also musste er an etwas anderes denken, damit er aufhörte, so verräterisch steif zu sein.

Andererseits spürte Peter, dass es nicht nur wegen Julie war. Es war diese ganze märchenhafte Situation. Er lebte plötzlich in dieser anderen Welt, die fast ganz von wahnsinnig netten Mädchen bzw. Frauen geprägt war, und hatte ja sogar schon einen Mädchen-Regenmantel und Mädchen-Gummistiefel angehabt. Ganz anders als er es erwartet hatte, hatte er sich darin nicht schämen müssen, hatte sich sogar so wohlgefühlt, dass er die Sachen nur mit einem heimlichen Bedauern wieder ausgezogen hatte. Jetzt, da er darüber nachdachte, wurde ihm das klar – eigentlich hatte er die Sachen gar nicht wieder ausziehen wollen. Dabei gehörten sie nicht Julie, sondern Charlie. *Die* liebte er aber gar nicht. Und trotzdem hatte er sich in ihrem Regenmantel sauwohl gefühlt. Peter wusste nicht recht, was er davon halten sollte. Das war seltsam.

Da öffnete sich die Badezimmertür und Julies Mutter trat herein. Glücklicherweise war nichts mehr zu sehen, aber Maria sah auch gar nicht zu ihm herüber. Sie legte einen kleinen Stapel Wäsche neben das Waschbecken und sagte:

„Wir haben ein paar Sachen gefunden, die dir passen müssten. Hier ist auch eine Hose und ein T-Shirt, die fast so aussehen wie deine eigenen. Ich lege auch ein Badetuch für dich hin. Sieh zu, dass du wieder richtig warm wirst und trockne dich dann gut ab. Wenn du fertig bist, komm herunter, dann können wir zu Mittag essen."

Damit verließ sie wieder das Bad.

Peter genoss noch einmal das warme Wasser, seifte sich dann kurz ein, wusch auch gleich die Haare, die ohnehin nass geworden waren, und stieg anschließend aus der Duschkabine. Er trocknete sich ab und sah sich dann nach der Wäsche um. Alles war weiß. Er nahm das Höschen – ein Mädchenhöschen, natürlich. Als er es überzog, spürte er auch, dass es etwas anders geschnitten war als seine eigenen Unterhosen. Sollte er das wirklich anlassen? Auch das Unterhemd war anders geschnitten, saß enger am Körper an, aber er fand es angenehm, da ihm immernoch etwas kalt war. Die Wärme tat ihm gut. Erst als er es anhatte, bemerkte er, dass es leichte, weiße Muster hatte, Punkte, die aber kaum sichtbar waren.

Dann nahm er die weißen Socken. Sie waren nicht so hoch wie seine eigenen, passten ihm aber trotzdem sehr gut. Das weiße T-Shirt war ebenfalls nicht so weit, wie die, die er gewöhnlich trug, aber es sah trotzdem ganz passabel aus. Als letztes fand er eine blaue Jeans. Er drehte sie in seiner Hand. Sie sah tatsächlich fast aus wie seine eigene, war leicht ausgewaschen, saß allerdings, als er sie anzog, ebenfalls enger am Bein und hatte außerdem, wie er mit einem kleinen Schock festgestellt hatte, auf den Taschen am Hintern kleine, rosa Herzen aufgestickt. Das war selbstverständlich ziemlich peinlich, aber was sollte er machen – er konnte schlecht im Slip an den Mittagstisch kommen und sich erst einmal über die Hose beschweren. Also zog er sie über und sah in den Spiegel. Alles passte und man sah eigentlich kaum, dass es sich nicht um Jungen-, sondern um Mädchenklamotten handelte, fand er. Also kämmte er sich, zog das T-Shirt noch einmal herunter – vielleicht war es doch ein bisschen zu klein? – und ging hinunter ins Esszimmer.

Maria stellte gerade die Töpfe auf den Tisch. Die Mädchen sahen ihn an. „Hübsch", sagte Charlie, „stehen dir gut, meine Sachen", und sie lächelte amüsiert. Julie strahlte ihn nur an, musterte ihn einmal kurz und rückte dann mit einer einladenden Geste den Stuhl neben sich vom Tisch weg. Peter nahm Platz.

„Passen sie?" Maria war stehengeblieben. „Sieht gut aus."

„Das T-Shirt ist vielleicht einen Hauch eng."

„Das ist nur ungewohnt für dich. Es ist so geschnitten und es muss so sein. Stört es dich denn?"

„Eigentlich nicht." Peter wollte keine Umstände machen.

„Und die Hose?"

„Sitzt wie angegossen. Nur …"

„Ja?"

„Die rosa Herzen."

Maria lachte. Und Charlie tat empört. „Das ist meine beste Jeans! Und nebenbei gesagt auch die einzige, die nicht ganz so mädchenhaft aussieht. Du kannst natürlich auch gern eine Leggins von mir haben. Oder wie wäre es mit einem Rock?"

„Nein, nein", wehrte Peter ab, „ist schon in Ordnung."

„Und schließlich siehst du sie ja auch gar nicht. Sie sind ja auf deinem Arsch!"

„Charlie!" Maria hob lachend den Finger.

Charlie grinste. „Na, er hat doch …"

„Schluss jetzt. Ihr könnt ja nachher in den Schränken nachsehen, ob ihr etwas findet, das Peter besser gefällt. Die Hose ist tatsächlich etwas eng. Im Schritt, meine ich. Aber jetzt wird erst einmal gegessen."

Erst jetzt spürte Peter seinen Hunger. Er ließ sich Würstchen geben und schaufelte den Kartoffelsalat auf seinen Teller. Und als er mit der ersten Portion fertig war, nahm er gern auch noch eine zweite. Maria freute sich über seinen Appetit. „Immerhin scheinst du dich ja wieder erholt zu haben", sagte sie und Peter nickte, während er sich ein weiteres Würstchen aus dem Topf nahm und noch mehr Senf aus der Tube drückte.

Zwicken im Schritt

Nach dem Essen nahm Julie Peter mit in ihr Zimmer. Dort sprachen sie darüber, wie sie den Nachmittag verbringen wollten.

„Wollen wir noch einmal nach draußen?"

„Es regnet noch immer."

„Aber wir haben die Regenmäntel."

„Ich bin eigentlich ganz froh, dass ich nicht mehr friere."

Julie musterte ihn. „Du siehst gut aus in den Kleidern, weißt du das?"

„Na ja, ein bisschen komisch ist es schon."

„Was ist daran komisch?"

„Dass es eben Mädchenklamotten sind."

„,Kleider'. Mädchen sagen ,Kleider' zu ihren Kleidern."

„Aber es sind doch keine Kleider. Ein Kleid ist soetwas mit einem Rock. Und das würde ich *bestimmt* nicht anziehen."

„Mädchen sagen zu all ihren Kleidern ,Kleider'. Das ist eben so."

„Aber ich bin kein Mädchen."

„Aber du wärest ein *hübsches* Mädchen." Julie lächelte schelmisch.

„Sehr lustig." Peter wurde rot und wusste nicht, was er sagen sollte.

„Glaubst du mir nicht?"

„Woher soll ich das wissen? Ich hatte noch nie solche … Kleider an. Außerdem bin ich ein Mann."

„Ein Mann?"

„Na, eben ein Junge."

„Wollen wir es ausprobieren?"

„Wollen wir was ausprobieren?"

„Na, wie du aussehen würdest."

„In Kleidern?"

„Ja."

„Wie kommst du denn darauf?"

„Weil ich gern sehen würde, wie das aussieht."

„Aber ich bin ein Junge!"

„Na und? Ist ja nur eine Verkleidung. Ein Kostüm. Wenn es gut wird, kannst du das zu Karneval tragen."

„Als Mädchen gehen?"

„Ja."

„Nein."

„Warum nicht?"

„Weil … man das als Junge nicht macht."

„Stimmt doch gar nicht. Aus unserer Klasse sind in diesem Jahr zu Karneval drei Jungen als Mädchen gegangen."

„Das würde ich nie tun!"

„Schade. Ich wäre gespannt, ob Mama dich erkennen würde."

„Ich bin nicht scharf drauf."

„Die Jungen aus meiner Klasse haben das auch ausprobiert."

„Das hat bestimmt nicht geklappt!"

„Zwei von ihnen sahen grauenhaft aus. Aber der dritte war von seiner Schwester geschminkt worden. Den haben wir fast nicht wiedererkannt. Und die Lehrerin dachte, wir hätten eine neue Schülerin."

„Aber …"

„Wirklich! Sie hat wirklich gedacht, dass das ein Mädchen sei!"

„Aber …"

„Das würden wir bei dir sicher auch schaffen!"

„Und wenn ich nicht will?"

„Hast du etwa Angst?"

„Angst? Wieso Angst?"

„Na, weil du so tust."

„Natürlich habe ich *keine* Angst."

„Dann lass es uns doch versuchen."

„Nein. Ich habe keine Lust dazu."

Julie sah ein wenig enttäuscht aus. Peter war hin und her gerissen. Er wollte sie auf keinen Fall enttäuschen oder ihr sogar wehtun. Aber was sie von ihm verlangte, war wirklich ein bisschen zu viel. Gezwungenermaßen einen Mädchen-Regenmantel und -Gummistiefel anzuziehen, war das eine, aber sich vollständig als Mädchen zu verkleiden, das war etwas ganz anderes. Selbst wenn andere das zu Karneval machten.

„Okay," lenkte Julie plötzlich ein, „dann eben nicht. Aber deine Hose ist wirklich etwas eng, oder nicht? Das kann doch nicht bequem sein."

Und damit traf Julie ins Schwarze. Peter hatte es schon seit längerem gespürt. Die Hose war eben anders geschnitten als eine Jungenhose. Im Schritt war sie einfach zu eng und hatte damit begonnen, einzuschneiden. Er hatte immer wieder versucht, sie zu verrutschen oder nach unten zu schieben, aber das nützte nichts.

„Na ja, das ist es auch nicht wirklich", sagte er deshalb, „habt ihr keine größere Hose?"

„Die nächst größere Größe ist die von Mama, glaube ich. Die dürfte ein bisschen *sehr* groß sein für dich. Aber es gäbe eine andere Möglichkeit."

„Und welche?"

„Zieh doch einfach einen Rock an." Julie sah Peter ganz unschuldig an.

„Einen Rock?!?"

„Na, der wäre im Schritt jedenfalls nicht zu eng."

„Aber ein Rock …"

„Jetzt stell dich aber nicht so an!" Nun schien Julie wirklich ärgerlich zu werden. „Was ist denn schon dabei? Wir haben eben nichts anderes für dich anzuziehen. Sonst musst du im Slip herumlaufen!"

„Im Slip?"

„Im *Mädchen*slip", sagte Julie mit besonderer Betonung. „Das sähe noch viel lustiger aus! Sei froh, dass wir dir keinen Slip mit Herzchen drauf gegeben haben! Oder mit Spitzen."

„Aber …"

„Und außerdem laufen hier alle so herum, außer Papa, natürlich."

„Ja, eben …"

„Und wenn morgen deine Sachen kommen, dann bist du ja wieder erlöst davon – dann musst du *nie wieder* Mädchenkleider anziehen! Obwohl ich das so gern mal an dir sehen würde. Wirklich!"

„Okay, okay", lenkte Peter nun ein, „wenn es unbedingt sein muss …"

Julies Miene klärte sich augenblicklich wieder auf. Sie sprang auf und trat an ihren Kleiderschrank, öffnete ihn, nahm einen Rock aus Jeansstoff heraus und gab ihn Peter. „Da", sagte sie, „probier' den mal an."

Peter drehte sich um, ließ die Hose herunter und stieg in den Rock. Er fand es ungewohnt, dass es gar keine Beine gab, in die man hineinsteigen musste. Aber auch praktisch. Er zog den Rock hoch, versuchte den Knopf zu schließen.

„Zu eng", stellte er fest, „ich bekomme den Knopf nicht zu.

Julie drehte ihn zu sich um und besah sich das Malheur mit professionellem Blick.

„Schade", sagte sie, „meine Röcke sind dir also auch zu klein. Dann schauen wir mal bei Charlie nach."

Sie ging über den Gang in Charlies Zimmer und kam mit einem Jeansrock wieder zurück, der im Unterschied zu Julies Rock jedoch nicht blau, sondern beige war.

Peter nahm ihn ergeben, stieg hinein, zog ihn hoch und schloss problemlos den Knopf.

„Ja, du hast die gleiche Größe wie Charlie", stellte Julie fest. „Gut zu wissen."

Sie trat auf Peter zu, zog das T-Shirt, das Peter unter dem Rock-Bund gelassen hatte, über ihn, drapierte ihn richtig, zupfte noch einmal daran, trat einen Schritt zurück und begutachtete das Ganze.

„Sieht gut aus", sagte sie befriedigt. „Jetzt sollte es auch nicht mehr zu eng im Schritt sein, oder?"

„Nein, ist es nicht", bestätigte Peter ergeben.

„Gut", stellte sie fest, „dann lass uns jetzt endlich überlegen, was wir den Nachmittag über tun."

Und sie überlegten sich verschiedene Möglichkeiten. Computerspiele, nach denen Peter fragte, existierten in diesem Haus nicht, aber dafür gab es unendlich viele ‚richtige' Spiele. Zwischenzeitlich kam auch Charlie dazu, musterte Peter mit einem kritischen Blick, so dass er, als er es merkte, rot anlief, lächelte ihn dann an, holte aus ihrem Zimmer einen Gürtel, der genau in die Schlaufen des Rocks passte, ließ sich ebenfalls auf dem Zimmerboden nieder, und schlug selbst ein Spiel vor, bei dem sie mitmachen wollte.

Eigentlich gab es nur eine etwas peinliche Situation, von der Peter sich aber nicht sicher war, ob die Mädchen sie überhaupt mitbekommen hatten. Als sie nämlich vom Sofa auf den Boden gewechselt waren, hatte Peter sich ganz selbstverständlich in den Schneidersitz setzen wollen. Das allerdings hätte wegen des Rocks fast zu einem etwas unschönen Bild geführt. Schließlich wollte er trotz allem nicht, dass ihm Julie und Charlie unter den Rock, auf den Slip sehen konnten. Also hatte er wie sie die Beine eng zusammengelegt und sie im Knie abgeknickt – richtig mädchenhaft, wie er bei sich dachte, aber immerhin blieb so alles verschlossen.

Und so verbrachten sie den Nachmittag mit Spielen. Dabei unterhielten sie sich, aßen zwischendurch Kuchen und spielten dann weiter. Irgendwann hatte Peter seine ungewöhnliche Aufmachung völlig vergessen und bewegte sich unbeschwert zwischen den Mädchen. Als Paul vor dem Abendessen nach Hause kam, warf er einen kurzen Blick auf Peter, lächelte dann und schien weiter nichts besonderes dabei zu finden. Als er später mit Maria in der Küche allein war, sagte er: „Ich sehe, die Mädchen vertragen sich gut mit Peter. Und er scheint sich wohlzufühlen."

„Ja," antwortete Maria, „er ist ziemlich unkompliziert."

„Was ist mit seiner Kleidung?"

„Sie ist morgen früh wieder trocken, und dann muss ja auch das Paket von Astrid kommen. Aber die Mädchen ziehen ihm einfach ihre Sachen an und irgendwie lässt er es mit sich machen. Ein netter Junge."

Paul nickte und wandte sich anderen Themen zu.

Julie war mit Peter längst wieder in ihrem Zimmer verschwunden, während Charlie zum Klavierunterricht gefahren war. Die beiden spielten ihre Partie *Monopoli* zu Ende, die durch Charlies Ausscheiden neuen Reiz bekommen hatte. Charlie kehrte zurück und es gab Abendessen.

Peter hatte sich kaum jemals so wohl gefühlt. Er musste nichts tun, konnte ganz unbeschwert die Zeit mit

Julie und, wenn sie da war, Charlie verbringen. Maria und Paul behandelten ihn ganz selbstverständlich wie einen Teil der Familie, wie eines ihrer eigenen Kinder. Er musste sich nicht anstrengen, konnte einfach Spaß haben.

Und den hatte er. Nur in Julies Nähe zu sein, war schon aufregend, und er hatte sehr, sehr viel Zeit. Der Nachmittag ging zwar schnell herum, aber noch war keine Zeit zum Insbettgehen bestimmt, so dass auch der Abend noch zur Verfügung stand.

Und irgendwie schienen auch diese Kleider nicht zu verhindern, dass er sich wohlfühlte. Eher im Gegenteil: Sie waren ungewohnt, ganz anders als die, die er bisher getragen hatte. Auf geheimnisvolle Weise erregten sie ihn aber auch. Er gab es nicht gern zu, aber sie erhöhten den Reiz der Anwesenheit in diesem Haus beträchtlich. Sie gaben ihm ein ganz besonderes Gefühl. Irgendwie wollte er sie gar nicht wieder ausziehen. Fast *befürchtete* er schon, dass Maria plötzlich wieder mit seinen eigenen Klamotten ankam und er diese schönen Sachen ausziehen müsste.

Irgendwann aber war es dann doch so spät, dass erst die kleine Marie und einige Zeit danach auch Julie und Peter ins Bett gehen sollten. Sie verabschiedeten sich von den Eltern im Wohnzimmer – Julie mit Küsschen und Umarmung, aber das fand Peter für sich unangebracht – und gingen hinauf zu den Schlafzimmern. Maria rief ihnen noch nach: „Gibst du Peter etwas für die Nacht zum Anziehen, Julie?"

Als Peter im Gästezimmer stand und darauf wartete, dass Julie ihm etwas zum Anziehen für die Nacht brachte, hörte er plötzlich Stimmen. Offenbar war auch Charlie hinaufgekommen und hatte nun mit Julie in ihrem Zimmer etwas zu besprechen. Dann kam Charlie ins

Gästezimmer und übergab Peter mit einer seltsamen Miene ein kleines Bündel Wäsche.

„Hier hast du etwas zum Anziehen für die Nacht."

Sie beobachtete ihn, wie er die Wäsche auseinanderfaltete und sie begutachtete. Er erschrak. „Aber", sagte er, „das ist ein Nachthemd, und dann noch mit solchen ..."

„Das sind Spitzen", ergänzte Charlie und stemmte die Hände in ihre Taille. „Hast du etwas dagegen?"

„Das sind doch ... Mädchensachen."

„Ja, und?"

„Das ziehe ich nicht an."

„Aber du trägst schon den ganzen Tag Mädchensachen!"

Plötzlich stand auch Julie in der Tür.

„Aber nicht *solche*!", protestierte Peter.

„Was heißt denn ‚solche' – Mädchensachen sind Mädchensachen."

„Nein, das hier sind ... so was zieht ein Junge nicht an."

„Mein Gott!" Charlie stöhnte auf. „Jetzt stell dich doch nicht so an. Wir haben nichts anderes."

„Habt ihr denn nicht einfach ein T-Shirt oder so?"

„Nein, haben wir nicht!"

„Dann lasse ich das an, was ich anhabe, das T-Shirt und die Unterhose."

„Das heißt ‚Top' und ‚Höschen' oder ‚Slip'."

„Also meinetwegen."

„Du willst in so dreckigen Sachen schlafen?"

„So dreckig sind die doch gar nicht."

„Also, Mama wird ausflippen, wenn du mit den Straßen-Klamotten ins Bett steigst."

„Dann gebt mir doch ein anderes T-Shirt."

„‚Top'."

„Meinetwegen."

„Haben wir nicht."

„Aber ..."

„Nichts ‚aber'. Jetzt sei keine Memme! Du stellst dich ja an wie ein Baby. Wir haben hier nur Nachthemden. Wir tragen *alle* solche Nachthemden. Das ist bei uns *normal*, überhaupt nichts besonders. Damit fällst du überhaupt nicht auf! Stimmts, Julie?"

Julie blieb stumm.

„Also. Selbst Papa trägt ein Nachthemd."

„So eins?!"

„Das ist doch egal! Ein Nachthemd eben. Es wäre also eher komisch, wenn du das *nicht* anziehst zum Schlafen. Und jetzt Schluss damit. Zieh das an oder schlaf nackt." Sie drehte sich um und verließ das Zimmer. Peter hörte sie noch stöhnen: „Das ist ja nicht auszuhalten ..."

Er stand beschämt und verunsichert da. Er sah Julie hilfesuchend an. Doch sie lächelte nur kurz tröstend, drehte sich dann ebenfalls um und verließ wortlos das Zimmer.

Da stand er nun. Noch trug er einen Rock, ein Top und einen Slip. In seiner Hand hielt er einen anderen Slip und ein Nachthemd mit ein paar Rüschen und Spitzen daran. Er hatte noch nie ein Nachthemd gesehen. Seine Mutter jedenfalls trug soetwas nicht. Hier im Haus schien es ganz normal zu sein, soetwas zu tragen. Vielleicht war das in anderen Familien ja auch so.

Schweren Herzens, aber zugleich auch seltsam erregt, drehte er sich zum Bett um. Langsam zog er sich aus. In seinem Höschen sah er einige dunkle Flecke. Er nahm den Slip, der zum Nachthemd gehörte, und zog ihn an. Er war weich, fühlte sich gut an. Schließlich streifte er das Nachthemd über und sprang sofort ins Bett. Er wollte so auf keinen Fall gesehen werden. Und es war immerhin möglich, dass Julie noch einmal hereinkam.

Aber anstelle von Julie stand nach einiger Zeit Maria in der Tür. „Alles in Ordnung?", fragte sie. Peter nickte. „Dann schlaf gut!" Sie betätigte den Lichtschalter und schloss die Tür. Plötzlich war es stockdunkel im Zimmer.

Peter befühlte seinen Körper und die seltsame Kleidung, die er trug. An den Schultern waren die Ärmel sehr kurz, so dass die Arme fast nackt waren. Und unter der Decke rutschte das Nachthemd immer wieder hoch, so dass auch die Beine nackt waren. Ihm fehlte das Gefühl, das einem ein T-Shirt verleiht, das den Bauch und den Rücken bedeckt. Zugleich aber war er irgendwie aufgeregt. Er war kilometerweit davon entfernt, müde zu werden und schlafen zu können.

So verschränkte er wieder einmal die Hände hinter seinem Kopf, schloss die Augen und wartete darauf, dass der Schlaf käme.

Nach sehr langer Zeit, wie ihm schien, hörte er ein Geräusch an seiner Tür. Ganz leise wurde die Klinke heruntergedrückt, die Tür öffnete sich und schloss sich dann wieder. Jemand schlich durchs Zimmer und näherte sich dem Bett. Dann hörte er Julies Stimme nahe an seinem Ohr: „Schläfst du?"

„Nein", flüsterte er zurück. Gleich darauf spürte er, wie Julie die Bettdecke anhob und darunter schlüpfte. Er rückte ein Stück beiseite. Julie legte sich hin und kuschelte sich an ihn.

So lagen sie lange Zeit. Peter konnte es kaum wirklich glauben. Er bewegte sich nicht, aber ganz langsam begann er die Nähe, die Wärme von Julies Körper und sogar die Stille und die Dunkelheit zu genießen. Er brauchte offenbar gar nichts zu sagen, und in der Dunkelheit war auch sein seltsamer Aufzug nicht zu sehen.

Dann jedoch fing Julies Hand an zu wandern. Der Stoff des Nachthemds verrutschte, Julie spielte mit ihm. Sie zog das Nachthemd etwas hoch, nahm einen Stoff-Knäuel in die Hand und fuhr damit sanft über Peters Haut. „Gefällt dir das Nachthemd?", flüsterte sie irgendwann.

„Es ist ... etwas ungewohnt", antwortete Peter zögernd.

„Passt denn das Höschen?", fragte Julie und fuhr mit ihrer Hand unter das Nachthemd, tastete sich zum Höschen vor.

Peter wollte sich wehren, aber Julie lag halb auf ihm und ließ sich nicht beirren. Dann spürte sie, dass Peter erregt war.

„Es scheint dir jedenfalls zu gefallen", flüsterte sie ganz leise. Peter konnte nicht hören, ob sie belustigt war oder erfreut. Jedenfalls begann sie, ganz langsam und sacht seinen Schritt zu streicheln.

Er wusste noch immer nicht, ob er sich wehren sollte. „Hör auf", flüsterte er schließlich.

„Warum?", flüsterte Julie zurück.

„Weil ..." Peter wusste nicht, was er sagen sollte. Doch Julie nahm ihre Hand langsam zurück.

„Morgen müssen wir dir etwas Schöneres zum Anziehen heraussuchen." Ihr Ton hatte sich verändert. Er war nicht lauter, aber doch sachlicher geworden. „Versprich mir, dass du dich nicht zieren wirst."

„Wieso?", fragte Peter halb misstrauisch, halb gespannt, „was habt ihr denn vor?"

„Ach", machte Julie, „gar nichts. Ich will nur, dass du etwas anderes anziehst als diese komische Jeans."

Peter war erleichtert – jedenfalls solange er nicht auf die leise, warnende Stimme in seinem Hinterkopf achtete. „Ja, die Jeans ist schon ein bisschen komisch. Aber vielleicht kommt morgen ja auch das Paket von meiner Mutter mit meinen eigenen Klamotten."

„Warten wir's ab", sagte Julie vage und verließ leise das Bett. „Schlaf noch gut." Und damit huschte sie aus dem Zimmer.

Peter konnte noch lange nicht schlafen. Er war verliebt bis über beide Ohren und begeistert von diesem wunderschönen, klugen, mutigen, souveränen Mädchen. Und er konnte es nicht fassen, dass sie an ihm gar keinen Anstoß nahm – in diesem Aufzug! Es schien ihr geradezu zu gefallen, wie er aussah. Sie lachte ihn nicht aus, vielmehr schien sie noch mehr zu wollen und ihn zu *mehr* zu drängen. Wenn das wirklich so war … er würde jedenfalls nicht weniger mutig sein als sie. Das schwor er sich.

Die neue Welt

Er erwachte, weil Julie neben seinem Bett stand und an seinem Arm rüttelte.

„Du Schlafmütze, du hast voll verschlafen. Komm runter, wir sitzen schon alle am Frühstückstisch!"

Peter sprang aus dem Bett – und wurde sofort wieder seines Aufzugs gewahr. Er sah sich nach den Sachen um, die er gestern angehabt hatte.

„Keine Zeit zum Anziehen, Schlafmütze! Zieh einfach diesen Morgenmantel an."

Damit gab Julie ihm einen weißen Morgenmantel mit kleinen, roten Blümchen darauf.

„Aber ..."

„Los, mach schon", drängte sie ihn, „sonst sind alle schon fertig mit dem Frühstück!" Und damit war sie aus dem Zimmer heraus.

Ergeben nahm Peter den Morgenmantel und zog ihn so über das Nachthemd mit den peinlichen Spitzen, dass von diesem nichts zu sehen war. „Was soll's," dachte er, „hier scheint ja keiner etwas dagegen zu haben." Und damit stapfte er die Treppe hinunter und zum Frühstückstisch. Ein bisschen gehemmt fühlte er sich aber dennoch.

„Guten Morgen", begrüßte ihn Maria, während die drei Mädchen ihn nur lächelnd ansahen, „wie hast du geschlafen?"

„Gut", sagte Peter und setzte sich auf den freien Stuhl, der langsam zu ,seinem' Stuhl wurde.

„Schön", antwortete Maria und lächelte. „Heute wird vermutlich das Paket mit deinen Sachen kommen, dann musst du nicht mehr Charlies Kleider anziehen. Obwohl" – sie musterte ihn aufmerksam – „das fast ein bisschen schade ist. Du wärest sicher ein hübsches Mädchen."

Peter fühlte sich seltsam berührt. Wenn Julie soetwas sagte, war das *eine* Sache, aber aus dem Mund ihrer Mutter klang das irgendwie anders. Er wurde leicht rot und senkte den Blick.

„Ja, wirklich", fuhr Maria fort, „die Sachen stehen dir einfach gut. Du bist ja nicht so ein plumper Macho, bist schlank und groß und alles sieht aus, als wenn es so sein sollte. Oder magst du die Kleider nicht?"

Peter wusste nicht, was er sagen sollte. Durfte er zugeben, dass er sich in den Sachen eigentlich ziemlich wohl fühlte? „Tja, also", sagte er zögern, „doch, eigentlich gefallen sie mir schon. Es ist nur ... etwas ungewohnt."

„Nun, daran *gewöhnen* kannst du dich ja." Sie lachte kurz auf. „Noch sind deine Sachen nicht hier. Und selbst *wenn* sie kommen, musst du sie ja nicht sofort wieder anziehen."

„Wann sollten sie denn kommen?", fragte Julie.

„Ich rechne damit, dass sie heute in der Post sind", antwortete Maria.

„Und wann kommt die Post?"

„Normalerweise kurz vor Mittag. Ich habe gestern Abend noch mit Astrid telefoniert. Sie hat gesagt, dass sie die Sachen gestern zur Post gebracht hat."

„Aber manchmal braucht ein Paket doch auch länger als nur einen Tag, oder?"

„Manchmal ja. Aber das ist normalerweise nur in der Vorweihnachtszeit so."

„Oder in der Ferienzeit." Julie nickte versonnen, warf dann einen Seitenblick auf Charlie. Und die schien ihren Blick auf eine Weise zu erwidern, dass Peter das Gefühl hatte, dass die beiden etwas ausgeheckt hatten, irgendetwas, das ganz offensichtlich jedoch nicht am Frühstückstisch diskutiert werden sollte.

Das Frühstück verlief in lockerer Atmosphäre. Alle waren fröhlich und auch die kleine Marie, die bisher sehr schüchtern Peter gegenüber gewesen war, taute langsam auf. Heute wollte sie ihm unbedingt ganz viele Geschichten erzählen. Er fand sie süß, aber doch noch ein bisschen klein. Sie war noch sehr kindlich, wie Peter fand.

Nach dem Frühstück duschten alle oder wuschen sich, denn außer Maria waren alle noch im Schlafanzug gewesen – *Schlafanzug*, wie Peter plötzlich irritiert feststellte, von wegen Nachthemd! In diesem Haus gab es Schlafanzüge genug! Charlie grinste nur, als sie seinen Blick sah und seine Gedanken las.

Als er später aus der Duschkabine stieg, stand er schon wieder vor der Frage, was er anziehen sollte. Jeans und T-Shirt – oder ‚Top' – waren verschwunden. Also schlang er sich das große Badetuch um die Hüften und schlich in Richtung von Julies Zimmer. Als er eben anklopfen wollte, öffnete sich die Tür von Charlies Zimmer und Charlie trat auf den Flur.

„Aha", sagte sie, „so jung und schon so verdorben?" Und sie lächelte amüsiert. Peter wurde rot und begann zu stottern.

„Ich wollte nur … ich habe … doch nichts anzuziehen, und Julie … hat mir die Sachen geklaut, die ich gestern anhatte."

„Tja, junger Mann, was machen wir denn da?" Charlie kam Peter plötzlich wieder ziemlich alt und autoritär vor.

„Vielleicht gibst du mir ja einfach etwas anderes?",
versuchte er es mit einer vorsichtigen Frage. „Vielleicht
hast du ja einen Jogginganzug?"

„Einfach? So ‚einfach' wird das nicht gehen, fürchte
ich", antwortete Charlie. „Die Sachen von gestern sind
wahrscheinlich schon in der Waschmaschine. Wenn du
nicht nackt bleiben willst, müssten wir dir also etwas
Neues aussuchen. Allerdings sind, glaube ich, die nur
halbwegs nicht-mädchenhaften Kleider nun alle in der
Wäsche. Und dein Geschmack ist ja ziemlich wählerisch,
wenn ich das mal anmerken darf."

Peter sah sie bittend an.

„Also: was hättest du denn gern?"

„Tja, am besten Hose und T-Shirt. Oder eben einen
Jogginganzug."

„Aber die Hose hat dir doch gar nicht gepasst. Der
Rock war viel besser. Jedenfalls hat er besser gesessen,
oder nicht? Und besser ausgesehen hat er auch."

„Ja, schon. Aber bei einem Jogginganzug …"

„Na also. Röcke haben wir genug, einen Rock werden
wir für dich schon finden. Oder wie wäre es heute mit
einem Kleid? Es wird wahrscheinlich sonnig und kna-
ckig warm, ich hätte da ein schönes, leichtes Sommerkleid, das dir sicher super stehen würde. Die gleichen
Farben wie dein Morgenmantel und die Punkte darauf
sind nur ganz klein."

„‚Mein' Morgenmantel!?"

„Ja, deiner. Von uns hat ihn schon lange keiner mehr
angehabt. Mir ist er zu mädchenhaft und Julie ist er noch
zu groß."

„Aber ich dachte …"

„Also, möchtest du nun das Kleid oder nicht?"

„Lieber hätte ich eine Hose."

„Haben wir nicht."

„Auch keine Jogginganzughose?"

„Soetwas besitze ich nicht."

„Und Julie?"

„Auch nicht. Außerdem wäre dir die viel zu klein."

„Dann ziehe ich das von gestern wieder an."

„Ist in der Waschmaschine."

„Oder etwas Ähnliches."

„Haben wir nicht."

„Das glaube ich nicht. Das mit den Nachthemden hat auch nicht ..."

„Dann glaub's eben nicht." Charlie drehte sich um und wollte die Tür hinter sich schließen.

„Dann eben irgendwas!" Peter war verzweifelt. Er wusste nicht weiter.

„Sag' ich doch", versetzte Charlie triumphierend, „warum nicht gleich so!" Verschwand in ihrem Zimmer und rief über ihre Schulter: „Komm mit!"

Peter – noch immer mit dem Handtuch um seine Hüften – folgte ihr in ihr Zimmer.

Charlie trat an ihre Schrankwand und öffnete Schubladen. Nacheinander kamen ein Slip, ein Top und Socken zum Vorschein, alle mehr oder weniger weiß, alle aber auch mit irgendwelchen dezenten Mustern. Charlie schien Blümchen zu mögen. An den Socken – eher Söckchen – waren am oberen Rand Rüschen. Peter hielt sie Charlie fragend hin.

„Was ist? Das sind die einzigen weißen, die ich habe, alle anderen sind knallbunt oder glitzern irgendwie," sagte sie und hielt rosarote Söckchen mit silbernen Glitzersteinchen hoch. „Übrigens", fügte sie dann süffisant lächelnd hinzu, „sollten wir mal sehen, ob du nicht langsam einen BH tragen musst."

Da aber erkannte Peter, dass sie nur Spaß machte. „Sehr lustig", grummelte er und häufte die Wäschestücke aufeinander.

„Zieh' die Sachen erst einmal an, ich überlege inzwischen, was wir dir darüber anziehen können. Wo ist denn nur das Kleid ..."

Peter drehte sich noch einmal um. „Bitte!", fing er an, „kein Kleid!", doch Charlie war schon tief in ihrem Kleiderschrank versunken.

Also ging Peter in sein Zimmer, legte das Handtuch ab und schlüpfte in die Wäsche. Sie war weich, duftete sehr schön und fühlte sich angenehm an. Wieder lag alles ungewohnt eng an, die Söckchen waren kürzer, als seine Tennissocken. Und die Rüschen ... auf irritierende Weise waren sie auch schön. Mit heimlichem Wohlgefallen sah er auf seine Beine und Füße hinab. Das Top, das Charlie ihm gegeben hatte, hatte heute nur ganz dünne Träger; wahrscheinlich hießen sie deswegen ‚Spaghetti-Träger', mutmaßte Peter mit plötzlichem Scharfsinn.

Dann wartete er. Irgendwie erregte ihn die Situation. Er berührte zufällig die Vorderseite des Slips und zuckte fast zusammen, so empfindlich war es darin. Der Slip war etwas knapp, er wurde eng, eine deutliche Beule wurde sichtbar. Noch einmal legte er vorsichtig die Hand darauf, schloss die Augen und fühlte eine seltsame Erregung in sich aufsteigen. Soetwas hatte er zuvor noch niemals gespürt. Er drückte ein wenig und spürte, wie sein ganzer Unterleib erregt wurde.

Als er die Augen wieder öffnete, sah er direkt in Charlies triumphierendes Gesicht. Sie stand in der Tür und hatte ihm offenbar zugesehen. Nun trat sie nahe an ihn heran, in der einen Hand Kleidung, in der anderen eine Jacke.

„Glaub nicht, dass ich nicht wüsste, was in dir vorgeht", flüsterte sie ihm leise, aber bestimmt ins Ohr. „Ich weiß sehr gut, dass du es genießt. Du bist ein Betrüger, ein Lügner!"

„Wieso ..."

„Du nutzt das alles aus, um deinen Spaß zu haben."

„Aber ..."

„Ich sehe das ganz genau, ich *beobachte* dich!" Sie zeigte mit dem Zeigefinger auf ihn, kam damit seiner Nasenspitze bedrohlich nahe.

„Aber ..."

„Und ich werde dich weiter beobachten, sei darauf gefasst! Prinzipiell finde ich nicht schlimm, was du da machst. Aber ich sage dir: Wenn du Julie auch nur ansatzweise wehtust, dann werde ich alles verraten – was du für ein Perverser bist!"

„Ein was?"

„Ein Perverser! Einer, der sich an versauten Sachen aufgeilt und seinen Spaß daran hat, andere damit zu schockieren. Ich sage dir: Pass gut auf, dass ich die Bombe nicht hochgehen lasse."

„Ich ..."

„Sag nichts. Du würdest doch nur lügen. Natürlich wirst du nicht zugeben, dass es dir Spaß macht, Mädchenkleider zu tragen. Das ist bei euch Perversen doch immer so. Aber soll ich dir was sagen? Mir macht das nichts aus. Mir macht es sogar Spaß. Ich finde es ausgesprochen spaßig, einen verklemmten, kleinen Jungen in Mädchenkleider zu stecken und ihn in eine kleine, süße Puppe zu verwandeln! Und deswegen werde ich dir sogar helfen. Ich werde dir *so was* von helfen! Ich mache dich zu einem Mädchen, dass die Mädchen sich ein Beispiel daran nehmen können, glaub mir! Aber untersteh' dich, mir dabei irgendwie in die Quere zu kommen! Ich will keinen Widerspruch, hörst du? Entweder wir machen das zusammen und so wie *ich* will, oder ich lasse die Bombe hochgehen und du siehst Julie niemals wieder. Klar soweit?"

Peter konnte nur verdutzt nicken.

„Gut. Dann also los. Wir werden in kleinen Schritten vorgehen. Hier ist erstmal das Kleid – ein anderes als das, von dem ich gesprochen hatte, nicht ganz so mädchenhaft – noch nicht. Wie müssen *langsam* vorgehen, damit niemand etwas merkt. Es sieht aus, als seien es Rock und T-Shirt, aber in Wirklichkeit ist es ein Kleid. – Hätte ich *das* allerdings gewusst," – sie legte ihre Hand in Peters Schritt, in dem noch immer eine deutliche Beule im Höschen zu sehen war, und drückte leicht zu – „dann hätte ich dir ein Tüllkleidchen mit großer Schleife auf dem Rücken mitgebracht. Und eine Seidenstrumpfhose und Spitzenunterwäsche. Aber was nicht ist, kann ja noch werden ..."

Peter sah sie erschrocken an.

„Und hier ist eine Jeansjacke – fast so neutral, dass es auch eine Jungenjacke sein könnte. Die kannst du anziehen, wenn dir der kurze Arm zu kurz ist."

Plötzlich bückte sie sich und strich mit einer Hand sanft über Peters linkes Bein. „Aha, okay, rasieren müssen wir das noch nicht. So weit bist du also noch nicht", sagte sie mehr zu sich selbst als zu Peter, dem völlig schleierhaft war, worauf Charlie hinaus wollte. Dann fuhr sie ihm mit ihrer Hand durch sein relativ langes Haar. „Gut", brummelte sie, „mit ein bisschen Haarspray und ein paar gezielten Schnitten lässt sich daraus etwas machen."

Peter strich sich die Haare wieder glatt und flüsterte: „Was hast du eigentlich vor?"

„Das wirst du schon sehen", gab Charlie leise, aber drohend zurück und legte zum drittenmal ihre Hand in seinen Schritt, „aber denk immer daran: ich kenne dein

Geheimnis! Hüte dich also davor, mir zu widersprechen."

„Aber ich wollte doch gar nicht ..."

„Sei still! Ich habe genug gesehen! Und was ich nicht gesehen habe, kann ich ja dazudichten, oder nicht? Was glaubst du, wem in diesem Haus mehr geglaubt wird, dem kleinen Jungen, der sich perverserweise in Mädchenkleidern wohlzufühlen scheint, der aber vor sich hinstottert, als hätte er etwas zu verbergen, oder der fast erwachsenen Tochter des Hauses, die nüchtern und sachlich ihre Beobachtungen und Schlussfolgerungen vorträgt und dabei offensichtlich keinerlei Eigeninteressen verfolgt?! Also pass gut auf!"

Peter verstand langsam gar nichts mehr. Was genau meinte sie? Und was wollte sie eigentlich? Was würde bei all dem herauskommen?

Und dann: Sollte er nun wirklich dieses Kleid anziehen?

Andererseits trug er schon seit gestern gar keine Jungenkleidung mehr, sogar Söckchen mit Rüschen daran. Und das Kleid hatte wenigstens keine weiteren Rüschen oder Spitzen, sah fast aus wie T-Shirt und Jeans-Rock. Also nicht viel anders als das, was er gestern schon den ganzen Tag über getragen hatte. Und lange konnte es ja nicht mehr dauern, bis das Paket mit seinen eigenen Sachen kam ...

„Und noch eins", fuhr Charlie weiter fort, „wenn du auf das Paket mit deiner Jungen-Kleidung wartest: das wird nicht kommen. Verstehst du? *Es kommt nicht!*"

Charlie sah Peter an und beobachtete seine Reaktion. „Dafür werde ich sorgen!"

Peters Augen weiteten sich. Was sagte Charlie da? Das konnte sie nicht so meinen, wie er es verstanden hatte! Sollte das etwa heißen, dass seine Jungenklamotten *gar nicht* kamen? Niemals? Dass er die gesamte Zeit, die er in diesem Haus verbrachte – und er wollte sich um keinen Preis von Julie entfernen – in Mädchenkleidern verbringen müsste? Ihm klappte die Kinnlade herunter.

In diesem Augenblick kam Julie herein, frisch geduscht und in duftenden Kleidern.

„Da seid ihr ja. Du bist ja noch immer nicht angezogen, Peter. Wollten wir nicht so langsam rausgehen?"

„Rausgehen?" Peter musste sich erst einmal wieder fangen. Und dann war er sich trotzdem nicht sicher, ob er in diesem Aufzug nach draußen gehen wollte.

„Fürchtest du schon wieder den Regen?"

Ein Blick aus dem Fenster zeigte Peter, dass Wolken aufgezogen waren und es erneut zu regnen begonnen hatte.

„Nein, aber … ich würde lieber warten, bis meine Hose wieder trocken ist."

„Oh", erwiderte Julie fröhlich, „das wird noch etwas dauern. Mama hat gesagt, dass der Trockner kaputt ist. Irgendetwas an der Temperatur oder so. Jedenfalls hängt sie gerade die Sachen auf die Leine."

Peter sah Charlie an. Die grinste nur.

„Aber was willst du denn?", fuhr Julie fort, „du siehst doch wunderschön aus!" Julie schien das ganz ehrlich zu meinen. „Und wenn wir rausgehen, ziehst du doch sowieso wieder den Regenmantel und die Stiefel an. Da siehst du genau aus wie gestern."

„Nur ohne Hose", warf Peter ein.

„So wie ich auch." Tatsächlich trug auch Julie ein Kleid und ganz ähnliche Söckchen wie er selbst.

„Willst du vielleicht eine Strumpfhose haben?" Das war wieder Charlie.

Peter erschrak.

„Vielleicht möchte die Dame lieber eine Seidenstrumpfhose", spottete Charlie aus dem Hintergrund.
„Jedenfalls bräuchte er seine Beine dafür nicht extra zu
rasieren."

„Nein, nein," wehrte Peter ab und dachte: ‚nur das
nicht! da gehe ich doch lieber mit nackten Beinen und
friere mich zu Tode.'

Julie lächelte versonnen. „Schade", sagte sie dann,
„ich hatte gerade darüber nachgedacht, ob ich mir eine
anziehe. Es ist irgendwie kälter geworden draußen."
Und Peter meinte fast, eine Art Aufforderung aus ihren
Worten herauszuhören. Aber er wollte darauf lieber
nicht eingehen.

Sie zogen wieder Regenmäntel und Gummistiefel an
und gingen in den Wald. Julie zeigte Peter vieles, was er
nicht kannte und was ihn bisher auch gar nicht interessiert hatte. Wenn Julie es jedoch erklärte, wurde es sofort
spannend. Ihre Nähe verklärte alles um ihn herum.
Wieder fühlte er sich wie im Traum, wie in einer ganz
anderen, ganz neuen Welt. Dies alles hatte mit seiner
eigenen Welt nichts zu tun. Es war eine bessere, eine
schönere Welt; selbst wenn er noch immer nicht wusste,
was Charlie eigentlich mit ihrem drohenden Ton von
ihm gewollt hatte. Und selbst wenn er mit nackten Beinen in Rüschen-Söckchen und einem Kleid hier herumlaufen musste und in einem rosafarbenen Mädchen-
Regenmantel und ebensolchen Gummistiefeln.

Sie streiften erst am See entlang, dann durch ein Dickicht. Als es stärker zu regnen begann, zogen sie sich
für einige Zeit in eine Hütte zurück, in der Geräte für die
Arbeit im Wald aufbewahrt wurden. Dort saßen sie eng
beieinander, hielten sich bei der Hand und wärmten

einander die Beine. Peter hätte Julie gern geküsst, aber er fühlte sich gehemmt.

Als der Regen nachließ, gingen sie durch das Dickicht zur Neubausiedlung, die sich an den Wald anschloss. Julie wollte gern ein Eis und zog ihn zu einer Eisdiele, während Peter in diesem Aufzug eigentlich nicht gesehen werden wollte. Aber Julie gab nicht nach. „Hier kennt dich doch eh keiner", sagte sie, „und außerdem werden wir bei diesem Wetter auch niemandem begegnen."

So gingen sie schließlich über die menschenleeren Straßen. Nur einmal fuhr ein Auto an ihnen vorbei, bog in eine Einfahrt ein und verschwand in einer Garage, deren Tor sich wie von Geisterhand automatisch öffnete und wieder schloss. Dann kamen sie an die Eisdiele. Julie zog Peter hinein, ging auf den Tresen zu und bestellte für sich ein Eis. Als sie es entgegennahm, wandte sich die Verkäuferin an Peter.

„Und du? Möchtest du auch ein Eis?"

„Nein, danke", antwortete Peter.

Da machte die Verkäuferin große Augen und wandte sich wieder an Julie. „Das ist das erste Mädchen, das ich kennenlerne, das *kein* Eis möchte."

Julie sah erst etwas erstaunt aus, dann belustigt, und dann antwortete sie: „Sie mag eigentlich schon. Aber sie hat das Geld zu Hause gelassen, weil sie keine Tasche an ihrem Kleid hat."

„Und sind am Regenmantel auch keine Taschen?"

Peter sah mit knallrotem Kopf an sich hinab. Keine Taschen.

„Nein," antwortete Julie für ihn und wandte sich an Peter, „aber ich kann dich ja einladen, *Petra*."

Und nun wandte sich auch die Verkäuferin wieder an Peter. „Oder du bringst das Geld vorbei, wenn du das nächste Mal hier vorbeikommst. Einverstanden, Petra?"

Peter wurde noch röter, nickte, nahm stumm das Eis in Empfang, nachdem er auf die entsprechende Frage „Vanille" gehaucht hatte, und folgte Julie aus der Eisdiele hinaus auf die Straße. Dort lachte Julie herzlich. „Jetzt habe ich eine neue Freundin!" strahlte sie Peter an, „*Petra*! Pass nur auf, dass dir das Eis nicht aus der Hand fällt, *Petra*, sonst müssen wir dir noch ein neues kaufen. Aber das musst du dann *selbst* bestellen, schließlich bist du doch schon ein großes Mädchen, oder nicht, *Petra*?" Und sie lachte noch einmal herzlich und nahm Peters Hand in die ihre.

Dann aber sah sie Peters verstörtes Gesicht. „Entschuldige, Peter," sagte sie, „aber das ist doch lustig. Die Frau hat dich wirklich für ein Mädchen gehalten."

„Ich finde das nicht so lustig", sagte Peter niedergeschlagen.

„Warum nicht? Was ist denn schon dabei? Du hast dich verkleidet, so wie andere das auch tun. Eine Verkleidung ist aber nur dann wirklich gut, wenn die Leute drauf hereinfallen, oder? Und du siehst in diesem Regenmantel und mit dem Kleid darunter wirklich sehr schön aus. Eben wie ein richtiges Mädchen."

„Aber ich bin ein Junge!"

„Der gerade ein Mädchen spielt, und das sehr gut. Wirklich." Julie sah Peter einen Augenblick lang tief in die Augen. „Ich habe meine Freundin Petra wirklich sehr gern!", sagte sie nun mit deutlich leiserer, fast zärtlicher Stimme. Und sie gab ihm schnell einen Kuss auf die Wange.

Peter sah sie an. Er musste schlucken. „Meinst du das wirklich so?"

„Ganz bestimmt", sagte sie, „vielleicht mag ich Petra sogar noch einen Hauch mehr als Peter."

Peter befand sich langsam im Aufstieg vom dritten zum vierten und in fast gerader Richtung zum sechsten oder gar siebten Himmel.

„Du findest das alles nicht ... lächerlich?"

„Lächerlich? Wieso denn lächerlich?! Ich *mag* das! Und ich finde, dass du als Mädchen wirklich sehr schön aussiehst. *Ganz ehrlich.* Was sollte ich denn daran lächerlich finden!"

„Aber ..."

„Die Jungen sind immer so ... Sie müssen immer alles besser wissen und in allem besser sein. Sie sind laut und grob, interessieren sich nur für Fußball und spielen die großen Macker. Aber du ... seitdem du die Mädchenkleider trägst, bist du kein Macker und musst auch nicht in allem recht haben. Du bist meine beste Freundin! So eine Freundin hatte ich noch nie!" Julie strahlte ihn an.

„Und du möchtest, dass ich noch so bleibe?"

„Ja, ich würde mich darüber freuen, wenn meine Freundin Petra noch lange bei uns bleiben würde!"

Peter nickte. Das hatte er nicht erwartet. Er wollte lieber nichts versprechen, aber heimlich nahm er sich vor, darüber nachzudenken, was das für ihn bedeutete. Noch konnte er das nicht überschauen. Schließlich hatten sie in der Klasse schon ihre Witze gemacht über Jungen, die aussahen wie Mädchen oder die sich verhielten wie ein Mädchen, statt wie ‚richtige' Jungen herumzupöbeln, versaute Sachen zu erzählen und Mädchen zu ärgern. Aber *das hier* war jetzt doch etwas ganz Anderes! Das hebelte sein altes Wertesystem aus seinen Angeln – oder anders gesagt: er wollte unbedingt alles tun, um Julie zu gefallen. Und im Augenblick konnte er nicht sagen, was genau das für ihn heißen würde.

Eine Rose

Trotz allem, was geschehen war, wollte Peter am späteren Vormittag gern nach Hause, da er noch immer fest damit rechnete, dass das Paket mit seiner Kleidung angekommen war und bereits auf ihn wartete. Als sie das Haus betraten, fragte er Julies Mutter sofort danach, die gerade das Mittagessen vorbereitete. Aber es war noch kein Paket gekommen. Und das, obwohl der Postbote schon dagewesen war.

„Wahrscheinlich kommt der Paketbote später als der Postbote. So ist das meistens."

„Aber normalerweise kommt der Paketbote viel früher als der Postbote!", warf Julie ein.

„Heute war er jedenfalls noch nicht da. Also kann er ja noch kommen." Und damit wandte sich Maria wieder den Schüsseln zu, die sie auf den Tisch trug. „Kommt zum Mittagessen." Peter sah Charlie an. Die lächelte nur still, aber mit sichtbarem Triumph, vor sich hin.

Peter konnte es nicht fassen – und war zugleich hin- und hergerissen. Einerseits wäre er erleichtert gewesen, wenn er seine Hose wieder angehabt hätte. Andererseits wäre dann dieser ... Traum vorüber gewesen. Und er war sich auf seltsame Weise nicht ganz sicher, ob er das wirklich wollte. Zumal ihn auch Julie gern so, in Mädchenkleidern, zu sehen schien. Sicher war es komisch, als Junge Kleider anzuhaben, und es war sehr gut, dass ihn so niemand von seinen Klassenkameraden sehen konnte. Andererseits fühlten sich diese Kleider auf seltsame Weise gut an, auch wenn er sich dies kaum eingestehen wollte. Und wenn Julie es zudem gefiel – was ihn endgültig in Verwirrung versetzte –, warum sollte er dann wünschen, dass es möglichst schnell vorüber wäre.

Alle setzten sich an den Mittagstisch. Die Teller wurden gefüllt und das Essen begann. Wie immer war das Gespräch lebhaft. Alle hatten Ferien und machten Pläne, und nun galt es auch noch, Peter – oder wie nun auch Charlie sagte: *Petra* – in die Planung einzubeziehen.

Obwohl Ferien waren, hatte Julie am Nachmittag Klavierunterricht. Sie überlegte kurz, ob sie ihn nicht absagen wollte, um mit Peter etwas zu unternehmen, aber seltsamerweise drängte Charlie sie, die Stunde nicht zu versäumen und bot sich stattdessen an, sich um Petra zu kümmern. Peter, der Julie nicht zur Last fallen wollte, unterstützte diesen Wunsch – selbstlos, aber ohne viel Elan, denn ihm war seltsam zumute bei dem Gedanken, den größten Teil des Nachmittags mit Charlie zu verbringen. Schließlich willigte Julie ein. Der Unterricht würde ja auch nicht den gesamten Nachmittag in Anspruch nehmen, sondern, rechnete man die Hin- und Rückfahrt mit ein, nur gut zwei Stunden.

Dann war das Mittagessen zu Ende und Julie und Peter hatten noch ein wenig Zeit, um in Julies Zimmer auf dem Bett zu sitzen, Musik zu hören und sich zu unterhalten.

Irgendwann dann war es jedoch soweit: Julie packte ihre Noten in eine Tasche, verabschiedete sich und stieg zu Maria und Marie ins Auto. Die beiden wollten die Zeit des Unterrichts nutzen, um Einkäufe zu erledigen. Nun waren Charlie und Peter allein zu Hause.

„So", sagte Charlie in plötzlich geschäftigem Ton, „weg sind sie. Jetzt haben wir Zeit."

Peter hätte sich am liebsten Regenmantel und Gummistiefel angezogen und wäre in den Wald gegangen.

Charlie schien es ihm anzusehen.

„Denk nicht einmal daran", sagte sie drohend, „ich würde dich finden! Schließlich habe ich den Auftrag, auf dich aufzupassen, nicht?"

„Auf mich aufzupassen? Ich bin doch kein kleines Kind mehr."

„Aber ein kleines Mädchen. Auf süße, kleine Mädchen muss man immer aufpassen."

„Und was hast du vor?" Peter überfiel eine diffuse Angst.

„Eigentlich gar nichts Schlimmes. Du brauchst keine Angst zu haben. Ich dachte mir, wir arbeiten einfach ein bisschen an deiner Perfektionierung als Mädchen. Das sollte in meinem wie in deinem Interesse sein. Schließlich willst du ja, wenn du hinausgehst, nicht als Junge in Mädchenkleidern erkannt werden, oder? Oder sollen die Menschen sehen, dass du ein Transvestit bist?"

Peter war sich nicht ganz sicher, was ‚Transvestit' bedeutete. Aber durch die Gespräche in der Umkleidekabine der Schwimmhalle in der Schule wusste er, dass das etwas ziemlich Schlimmes sein musste. Also wehrte er ab.

„Na siehst du. Also müssen wir dafür sorgen, dass dich niemand erkennen kann. Ein Transvestit zu *sein*, ist das eine, aber als Kerl in Frauenkleidern *erkannt* zu werden, etwas ganz anderes. Als solcher würdest du von den Frauen gesteinigt werden. Oder sie reißen dir einfach die Kleider vom Leib und … tun dir weh."

Peter schauderte. Er sah es vor seinem inneren Auge, wie eine Meute von wütenden, keifenden Frauen, aufgebracht über seine Schandtat, über ihn herfiel.

„Wir werden jetzt einfach ein bisschen herumprobieren. Nichts von dem, was wir machen, muss so bleiben. Wenn es uns nicht gefällt, müssen es die anderen nicht sehen. Andererseits haben wir jetzt die Möglichkeit, herauszufinden, *was* uns gefällt. Okay?"

„Was willst du denn tun?"

„Nun hör erst einmal auf, so ängstlich zu sein! Das war gerade ein Versöhnungsangebot! Was dir nicht gefällt, muss nicht so bleiben! Wir ändern es wieder, bevor die anderen zurückkommen."

„Okay." Peter wollte Charlies versöhnliche Stimmung nicht trüben, indem er ihr widersprach.

„Gut", sagte Charlie, drehte sich um und steuerte ihr Zimmer an. „Dann lass uns loslegen."

Wieder öffnete sie Schubladen. Zuerst nahm sie eine Packung heraus, in der etwas in Zellophan verpackt war. Sie öffnete sie und entrollte eine Seidenstrumpfhose.

„Ich werde dir jetzt zeigen, dass dieser Stoff eine ganz tolle Sache ist. Dann muss man nämlich nicht frieren, auch wenn man einen Rock trägt und also nackte Beine hat. Pass auf."

Sie deutete an, dass Peter sich auf ihr Bett setzen sollte. Dann kniete sie vor ihm nieder, rollte den dünnen, hautfarbenen Stoff zusammen und zog ihn langsam über seine Zehen, Füße und Unterschenkel, erst am einen, dann am anderen Fuß. Dann musste Peter sich hinstellen und sie zog die Strumpfhose ganz hoch, bis sie über das Höschen reichte.

Peter wusste nicht, wie ihm geschah. Der Stoff fühlte sich anders an als alles, was er kannte. Irgendwie kitzelte er im ersten Moment, doch dann saß er an seinen Beinen wie eine zweite Haut. Charlie strich mit ihren Händen darüber und er erschauerte. Als würde eine dünne Luftschicht auf seinen Beinen liegen, die ihn ständig leicht streichelte.

„Sieh mal in den Spiegel."

Peter scheute sich einen Augenblick. Eigentlich wollte er sich so nicht sehen, das musste aussehen …

„Los, du Memme, sieh schon hinein!"

Also sah Peter in den Spiegel. Doch er konnte keine wirkliche Veränderung erkennen. Seine Beine hatten vielleicht eine etwas andere Farbe, sie waren etwas brauner, auch war die Farbe einheitlicher. Doch war nicht erkennbar, dass er tatsächlich eine Seidenstrumpfhose trug.

„Siehst du?", sagte Charlie nun, „ist doch gar nicht so schlimm. Ganz im Gegenteil, oder? Wieder soetwas, das man nicht sieht, das aber in Wirklichkeit sehr schön ist und das man als Frau heimlich genießen kann! Und wenn Du trotzdem Angst hast, dass es dir zu kalt ist, gibt es noch weitere Hilfsmittel."

Damit griff sie wiederum in eine Schublade und holte einen weißen Stoff heraus, auf dem Peter sofort wieder die Spitzen erkannte.

„Dies ist ein Unterrock. Der ist nicht nur warm, sondern gibt einem entsprechenden Rock noch eine besondere Form. Du wirst damit sozusagen weiblicher. Früher haben die Frauen sogar mehrere Unterröcke oder gar einen Petticoat getragen, so dass die Röcke ganz weit abstanden, aber das war nur in einer bestimmten Zeit so. Natürlich brauchst du dafür aber trotzdem einen anderen Rock. Zieh mal das Kleid aus."

Peter gehorchte.

Charlie reichte ihm nun ein rotes Kleid mit großen Blumen darauf, das am Oberkörper eng geschnitten war, fast wie ein T-Shirt, aber einen weiten, schwingenden Rock hatte. In der Taille wurde es von einem Gürtel umschlossen. Sie beobachtete Peter beim Anziehen. „Du siehst, dass der Unterrock hier richtig Sinn macht, denn so schwingt der Rock noch ein bisschen weiter. Man merkt, dass da mehr Stoff drunter ist als bei einem normalen, einfachen Rock."

Sie zupfte etwas an Peter herum.

„Und – *by the way* – das sieht schon *sehr* gut aus, findest Du nicht? Sehr weiblich! Du hast die richtige Größe und die richtige Figur dafür. Hier kommt *bestimmt* niemand auf den Gedanken, dass das *kein* Mädchen ist, das darin steckt – bei so einem Rock und so einer Taille!"

Damit stellte Charlie Peter wieder vor den Spiegel und er sah hinein. Er musste ihr recht geben. Wäre da nicht sein Kopf gewesen, den er nur zu gut als Kopf eines gewissen Peter kannte, er wäre nie auf den Gedanken gekommen, dass da ein Junge in diesem Kleid steckte. Das erinnerte ihn fast schon an Bilder, die er aus dem Internet oder von Modezeitschriften kannte.

„Und jetzt steh mal nicht wie ein Bauer da, sondern stell die Füße ganz dicht nebeneinander."

Peter tat es und noch einmal veränderte sich die Wirkung.

„Jetzt stell die Füße *vor*einander, als wolltest du auf einer Linie balancieren."

Wieder folgte Peter der Anweisung.

„Und leg die Hände hinter deinem Rücken zusammen." Dazu fasste sie seine Ellenbogen und drückte sie hinter seinem Rücken gegeneinander. „Siehst du, dass deine Silhouette jetzt ganz anders aussieht?"

Sie zeichnete eine Form in die Luft, die sich durch zwei Wölbungen und drei sehr schmale Bereiche auszeichnete.

„Wie ein echtes Model!"

Sie schien selbst ganz begeistert zu sein.

Plötzlich nahm Charlie Peters Hände in die ihren und drehte sie so, dass sie seine Nägel sehen konnte.

„Aha. Typisch Junge. Daran müssen wir auch etwas machen."

Peter erschrak. „Was hast du vor?"

„Deine Fingernägel sollten wenigstens gepflegt sein, wenn sie schon nicht rot lackiert sind! Kein Mädchen würde mit solchen angekauten Fingernägeln herumlaufen."

„Sie sind nicht angekaut!", protestierte Peter.

„Aber dreckig! Oder nicht? Sieh sie dir an!"

Da musste Peter ihr recht geben. Er hatte dunkle Ränder unter den Nägeln, jedenfalls dünne.

„Also, erste Lektion Maniküre."

Die nächste halbe Stunde verbrachte Charlie damit, seine Fingernägel zu schneiden, zu feilen, die Nagelhaut zurückzuschieben und sogar an seiner Haut herumzuputzen. Als sie mit einem Fläschchen ankam, in dem ein kleiner, schmaler Pinsel steckte, zog Peter seine Hände abrupt zurück. „Keine Sorge", beruhigte Charlie ihn, „das ist zwar Lack, aber farbloser. Der *pflegt* vor allem, ist aber nicht sichtbar."

„Na ja, fast", ergänzte sie wenig später, als sie ihn aufgetragen hatte. Peter wäre beinahe in Ohnmacht gefallen. In seinen Augen war es mehr als deutlich, dass er nun lackierte Fingernägel hatte.

„Das stimmt doch gar nicht", widersprach Charlie jedoch, „das sieht nur so aus, weil du endlich einmal *gepflegte* Fingernägel hast! Und weil du das nicht gewohnt bist. Gepflegte Fingernägel sollten aber eigentlich eine Selbstverständlichkeit sein, auch bei einem Mann!"

An seine Fußnägel allerdings ließ er sie nicht heran. Und Charlie war klug genug, nicht darauf zu bestehen.

„So", sagte sie schließlich. „Gefällt dir das Kleid? Oder möchtest du noch ein anderes anprobieren?"

Damit hatte sie schon ein anderes Kleid in der Hand. „Zieh das mal an."

Peter gehorchte, und in den folgenden zwanzig Minuten probierte er eine Reihe von Kleidern an, die Charlie ihm reichte, bis er fast eine Art Routine bekam. Langsam begann er, zu unterscheiden, was ihm selbst gefiel und was eher nicht. Das letzte Kleid, das er anzog, war ein Sommerkleid mit Blumenmuster, das sowohl im Ausschnitt, als auch am Rocksaum einen schönen Spitzenbesatz hatte. Die Ärmel waren kurz und ganz leicht gepufft, und als Charlie schließlich „okay," sagte und darauf hinwies, dass sie nun alle Möglichkeiten durchprobiert hatten – „jetzt haben wir zumindest eine gewisse Vorstellung; und damit können wir in den nächsten Tagen ein wenig variieren" – war Peter heimlich froh, dass er dieses schöne Kleid ganz selbstverständlich anbehielt. Denn nun wollte Charlie zu anderem übergehen.

Sie bückte sich noch einmal und streichelte an Peters Beinen entlang. „Die Beine müssen wir dir also noch nicht rasieren." Sie hob seinen linken, dann seinen rechten Arm und zog den Gummizug, der die Puffärmel des Kleids zusammenhielt, leicht auseinander. „Die Achselhöhlen wohl auch nicht."

Sie sah Peters verständnislosen Blick.

„Das weißt du auch nicht? Frauen haben selbstverständlich auch Haare auf den Beinen und unter den Achselhöhlen. Aber weil das total hässlich aussieht, geradezu barbarisch, rasieren sie sie sich ab. Wollen wir es bei dir auch machen? Es fühlt sich toll an!"

„Aber ich *habe* keine Haare auf den Beinen."

„Es geht doch nur um's Gefühl. Ist doch vollkommen gleichgültig, ob da tatsächlich Haare sind oder nicht. – Aber wenn du nicht willst" – sie sah Peter seine Abneigung an – „dann lassen wir es heute noch einmal. Das machen wir dann, wenn wir mehr Zeit haben. – Jetzt lass uns mal nach dem Schmuck sehen."

Auch hier folgte eine halbe Stunde voller Überraschungen. Peter hatte nicht gedacht, dass es so viele Möglichkeiten gab.

„Selbstverständlich gibt es den schönen, unschuldigen Schmuck" – Charlie zeigte ihm einige Ketten und Ringe, die sie erst an sich, dann an ihm begutachtete.

„Aber Frauen haben natürlich auch noch andere Möglichkeiten."

Damit legte sie ihm ein Kettchen um sein Fußgelenk, das noch immer in der farblosen Seidenstrumpfhose steckte.

„Wenn du jetzt noch lackierte Fußnägel hast, und wenn ein Mann die Füße und Beine einer Frau auch nur *ein bisschen* erotisch findet, kann er dir sicher nicht widerstehen, sobald er dieses Kettchen am Fußgelenk sieht. Es gibt aber noch eine Steigerung."

Damit nahm sie ihm das Fußkettchen wieder ab.

„Zieh mal die Strumpfhose aus." Während Peter das – halb erleichtert, halb mit Bedauern – tat, kramte sie wiederum in einer Schublade. Dann gab sie ihm ein weiteres, kleines Cellophan-Päckchen.

„Zieh die an!"

Als Peter das Päckchen öffnete, sah er, dass es diesmal eine *schwarze* Strumpfhose enthielt. Während er diese an seinen Beinen entrollte, sah er, wie sich diese verwandelten.

Dann holte Charlie wiederum das schwarz-rote, kurze Kleid aus dem Schrank, das er zuvor bereits probiert hatte. Sie hielt es ihm hin, und Peter zog das Blumen-Sommerkleid aus und das schwarz-rote Kleid mit dem leicht ausgestellten Rock an. Sobald Charlie ihm den

Reißverschluss geschlossen hatte, legte sie ihm das goldene Fußkettchen wieder um sein Fußgelenk.

„Siehst du? Jetzt brauchst du nur noch möglichst hochhackige Schuhe, High-heels, wie wir dazu sagen, dann kannst du auf die Piste gehen!"

„Auf die … was?" Peter sah viel Schnee und sich selbst in High-heels darin versinken.

„Das sagt man so, wenn man seinen Spaß haben will, Dummerchen."

Er fasste sich ein Herz. „Machst du denn soetwas? Gehst du so raus, ich meine: ‚auf die Piste'?"

Charlie schmunzelte. „Meine Eltern sehen das nicht so gern. Aber manchmal mache ich es, ja. Nur: du darfst mich nicht verraten!"

Peter staunte. Was war das nun wieder für eine geheimnisvolle Welt! Wenn er Charlie in diesem Outfit begegnet wäre – also: *sie* in diesem Outfit, er ganz normal –, hätte er fast vergessen können, was er für Julie empfand, bemerkte er erschrocken.

„Das mit den Schuhen probieren wir später einmal. Aber eine andere Sache könnten wir noch ausprobieren."

Damit nahm sie einen kleinen Umschlag aus einer Schublade. Darin lagen eine ganze Reihe kleiner Bilder, Peter schienen es Abziehbilder zu sein. Aber die Motive waren andere als die, die er kannte. Da waren viele Herzen, manchmal stand der Schriftzug *Love* darunter. Einmal sah er eine nackte Frau, darunter stand *Bad Girl*, aber dieses Bild nahm Charlie sofort wieder vom Tisch. Und dann sah er sehr viele Blüten, vornehmlich Rosen in den unterschiedlichsten Variationen.

„Das sind Tattoos", sagte Charlie, nachdem er sich umgesehen hatte. „Keine echten, natürlich, sondern nur welche für ein paar Tage. Die waschen sich wieder ab, mit der Zeit. Aber auch das kann natürlich sexy sein. Sieh mal."

Damit knöpfte sie ihre Hose auf und entblößte eine Stelle an ihrem Bauch, die nur ganz knapp oberhalb ihres Höschens saß. Dort war das sehr kleine Bild einer Rose zu sehen.

„Wie findest du das?"

Peter war perplex. „Und das kann man wieder abwaschen?"

„Ein paar Tage hält es, aber dann verblasst es. Möchtest du auch eins?"

Peter wehrte vehement ab. Doch Charlie sah ihn kalt an. „Aber *ich* möchte, dass du eins bekommst. Als kleines Zeichen, dass du hier, so lange du bei uns bist, *Petra* bist – und dass du tust, was ich dir sage!"

Offenbar fiel ihr auf, welch einschüchternden Effekt diese Worte auf Peter hatten, und fuhr etwas versöhnlicher fort: „Macht es dir denn keinen Spaß?"

„Doch, schon ..."

„Na also. Außerdem kenne ich ja dein Geheimnis. Und weil du deshalb sowieso machen musst, was ich dir sage, werden wir dich jetzt mit diesem Tattoo hier schmücken."

Damit nahm sie eine kleine, rote Rose mit einem schönen Blätterstiel aus dem Umschlag.

„Muss denn das sein?", versuchte Peter sich ein letztes Mal zu wehren.

„Ach, weißt du, Petra", Charlie wirkte ein bisschen resigniert, „du kannst natürlich machen, was du willst. Aber dann musst du es *selbst* machen. Dann helfe ich dir eben nicht mehr. Aber wenn ich dir helfen soll, dann musst du akzeptieren, dass ich ein Zeichen auf dir anbringe. Wenn du meine Hilfe willst, dann nur zu meinen Bedingungen, und das Zeichen dafür ist dieses Tattoo."

„Und wo willst du es anbringen?"

Charlie überlegte kurz. „Wir könnten es an deinem Bein anbringen. Aber eigentlich will ich nicht, dass es jeder sieht. Es soll ja unser Geheimzeichen sein, vielmehr: *mein* Geheimzeichen. Also besser an einer Stelle, an der man es nicht sieht. Auf deinem Hintern vielleicht – aber nein, du sollst es ja auch sehen, so dass du immer daran erinnert wirst, dass du mir gehörst!"

Charlie lächelte. „Manche Frauen haben übrigens *wirklich* so ein Tattoo, und zwar ein *richtiges*, dauerhaftes, das sie als Eigentum ihres Herrn ‚brandmarkt', wenn du so willst. Warte mal – ich glaube, am besten wäre es, wir würden es an der gleichen Stelle anbringen, an der ich es auch trage."

„Bist du denn auch Eigentum von jemandem?"

Charlie war für einen Augenblick verwirrt und lief ein wenig rot an. Dann schüttelte sie den Kopf. „Nein ... ja, vielleicht ein bisschen ..."

Nun war Peters Neugier geweckt.

„Ja? Von wem denn?"

„Das geht dich gar nichts an! Außerdem gehört es nicht hierher. Vielleicht erzähle ich es dir später einmal."

„Aber ..."

„Jetzt müssen wir uns erstmal hierauf konzentrieren, damit das Ganze auch gut sitzt."

Damit zog sie das Kleid hoch, das Peter trug, und schob den oberen Rand der schwarzen Strumpfhose hinunter, so dass der obere Rand von Peters Slip freilag samt einem Stück Haut, auf das das Tattoo kommen sollte. Dann holte sie einen Waschlappen aus dem Badezimmer und reinigte diese Stelle gründlich. Sie zog eine durchsichtige Folie von dem kartonartigen Untergrund des Stickers und legte das Tattoo auf die Haut, die sie zuvor mit einem Handtuch ganz trocken gerieben hatte.

„So, jetzt halt das eine halbe Minute lang fest. Drück es leicht an deine Haut an."

Nach einiger Zeit zog sie die Folie, die noch über dem Tattoo an Peters Haut klebte, ab, und das Tattoo blieb auf der Haut zurück. Sie nahm ein Taschentuch und tupfte vorsichtig das Tattoo sauber. Dann begutachtete sie ihr Werk.

„Hinreißend!" sagte sie und schien ehrlich erfreut zu sein. Sie ging wiederum zu einer Schublade und holte ein weißes Höschen heraus, das sehr viel Spitze hatte. Es schien geradezu aus Spitzen zu bestehen. „Zieh das mal an."

Peter wollte schon wieder protestieren, doch als Charlie drohend ihren Zeigefinger hob, nahm er das Höschen entgegen, drehte sich um, zog das Höschen aus, das er bisher getragen hatte, und das andere an. Es fühlte sich seltsam an. Die Spitze erregte ihn, da sie anders als der Baumwollstoff deutlich zu spüren war.

„Wunderhübsch! So sollte Julie dich sehen!" Und mit einem breiten Grinsen nahm sie den Schrecken wahr, der Peter augenblicklich durchfuhr.

Charlies Geheimnis

Der Abend verlief so entspannt wie die Abende zuvor. Peter hatte das rot-schwarze Kleid wieder gegen das Sommerkleid und die schwarze Strumpfhose gegen die hautfarbene getauscht. Julie hatte ihn angestrahlt, als sie nach Hause zurückgekehrt war und ihn so gesehen hatte. Doch hatte sie nichts gesagt, wie überhaupt niemand etwas zu seinem Outfit sagte. Für alle schien es inzwischen selbstverständlich zu sein, dass Peter diese Mädchenkleider trug, zumal Charlie eine Bemerkung gemacht hatte, die darauf schließen ließ, dass die Kleiderwahl auf sie zurückgegangen war und er praktisch keine andere Wahl gehabt hatte. So vergaß auch er selbst im Laufe der Zeit, ständig daran zu denken, was wohl seine Freunde sagen würden, wenn sie ihn so sähen.

Als er allerdings sein Nachthemd anzog, um ins Bett zu gehen, und das Tattoo direkt oberhalb des Rands des Spitzenhöschens sah, wurde ihm plötzlich ganz warm. Was genau hatte Charlie eigentlich gemeint, als sie gesagt hatte, dass er ‚ihr gehörte‘? Wenn überhaupt, dann gehörte er doch Julie. Aber da saß es, das Geheimzeichen, unübersehbar. Charlie hatte ihn ‚gebrandmarkt‘, wie sie es genannt hatte – nicht für ewig, so wie diese seltsamen Frauen, von denen sie gesprochen hatte, aber doch für die Zeit, in der er hier war oder wenigstens so lange, wie das Tattoo hielt.

Am nächsten Tag besprachen sie wiederum am Frühstückstisch, was sie unternehmen wollten. Julie wirkte bedrückt.

„Wir müssen heute mit Julie zum Arzt", sagte Maria, die ihrer Tochter gern helfen wollte. „Das wird einige Zeit dauern. Ihr zwei" – damit nickte sie Charlie und Peter zu – „seid also wieder allein hier, denn ich werde Marie mitnehmen."

„Das ist so ungerecht!", beschwerte sich Julie. „Heute ist schon Mittwoch! Bald muss Peter wieder nach Hause zurück, und ich habe *gar keine* Zeit mit ihm verbracht."

„Mein Schatz, wir haben lange auf diesen Termin gewartet, das weißt du doch. Und es ist wichtig, dass wir ihn wahrnehmen. Es tut mir ja auch leid."

„Aber was ist, wenn Onkel Max morgen Peter wieder abholen will?"

„Das wird er nicht tun. Morgen ist Donnerstag. Bis zum Wochenende kann Peter sicher noch hierbleiben."

„Aber trotzdem!"

„Ich kann Astrid ja mal anrufen. Schließlich ist auch das Paket mit Peters Kleidung noch immer nicht einge-troffen. Da kann ich Astrid fragen, wie lange Peter denn noch bleiben kann."

„Frag doch mal, ob er auch noch die nächste Woche bleiben darf!"

„Das ist jetzt vielleicht noch etwas früh, findest du nicht? Und bis zum Wochenende ist ja auch noch so viel Zeit, Julie! Aber wenn ihr wollt, dass Peter noch hier bleibt, kann er auch noch länger bleiben. Es sind doch Ferien!"

Julie beruhigte sich langsam. Sie sah Peter an und er nickte. Da begann sie zu lächeln.

„Vielleicht können wir Petra ja etwas aus der Stadt mitbringen!"

Nun lächelte auch Maria. „Das ist eine gute Idee! Das werden wir tun." Damit wandte sie sich an Peter. „Gibt es etwas, das du, also: das Petra gern haben möchte?

Etwas, das wir für dich aussuchen und dir mitbringen könnten?"

Aber Peter war mit dieser Frage überfordert. Was wünschte sich ein Mädchen, dass es ihr mitgebracht würde? Er hatte keine Ahnung.

„Wir werden etwas aussuchen!", verkündete daher Julie. „Wir finden schon etwas."

„Wie wär's mit einem Parfum?" Das war Charlie und sie amüsierte sich sichtlich.

Aber Julie ging nicht auf diesen Scherz ein. „Wann müssen wir los?"

„In einer Viertelstunde! Also sieh zu, dass du dir die Zähne putzt und alles einpackst, was du brauchst!"

Und damit waren alle vom Frühstückstisch aufgestanden.

Nach einer Viertelstunde war das Haus praktisch leer. Peter, der von Charlie einen Jeansrock, ein Top und einen weiten, gestrickten Pullover bekommen hatte und der heimlich unter dem Rock den Spitzenslip trug, den er gestern von Charlie bekommen hatte und den er, wie er fest entschlossen war, nicht so schnell wieder zurückgeben würde, saß im Gästezimmer und las ein Buch, das Julie ihm gegeben hatte: Enid Blyton, *Fünf Freunde auf Schmugglerjagd*.

Es war ein spannendes Buch. Aber Peter konnte sich nicht richtig konzentrieren. Ein Teil seiner Aufmerksamkeit beschäftigte sich mit sich selbst und dem, was er gerade alles erlebte, ein anderer war auf den Flur und Charlies Zimmer gerichtet. Er rechnete damit, dass sie sich wieder irgendetwas ausdenken würde, um mit ihrem ‚Spielzeug' zu spielen.

Und wirklich: Es waren keine zehn Minuten vergangen, da stand Charlie schon in der Tür.

„Zieh dir das rot-schwarze Kleid an, das du gestern anhattest, und die schwarze Strumpfhose! Und den Unterrock! Dann komm ins Bad!"

Peter erschrak. Er hätte gern gewusst, was sie vorhatte. Schließlich verhieß das Outfit, das er anziehen sollte, nichts Gutes.

Allerdings spürte er, während er die verführerischen Kleidungsstücke anzog, auch wieder jene neuartige Erregung in sich aufsteigen. Und langsam wandelte sich die Angst in Spannung.

Als er ins Bad kam, stand Charlie vor dem Spiegel und schminkte sich. Sie hatte ein kurzes, schwarzes Kleid an und ebenfalls eine schwarze Strumpfhose und malte gerade ihre Augenlider schwarz an. „Setz dich", sagte sie und deutete auf den Hocker, der in der Ecke stand.

Als sie fertig war, holte sie zunächst das Fußkettchen und legte es um Peters Fußgelenk, das in dem schwarzen Nylon steckte. Dann warf sie einen Blick auf seine Augen und nahm ein kleines Töpfchen. Mit einem Pinsel trug sie schnell und gekonnt ein wenig Farbe auf, die Peter vorkam, als wenn sie genau die Farbe seiner Haut hätte, und machte schließlich das gleiche mit *seinen* Augen, was sie vorher mit den ihren gemacht hatte. Dann kam sie mit einem dezenten Lippenstift und malte seine Lippen an. Schließlich nahm sie einen kleinen Stift und strich damit mehrere Male über Peters Augenbrauen.

„Wir gehen aus!" verkündete sie währenddessen. „Nur zu einem Freund", fügte sie an, als sie Peters fragenden Blick sah. „Er wohnt hier in der Nachbarschaft und ist ein bisschen älter als ich. Du brauchst keine Angst zu haben, er ist sehr nett. Ich will ihm gern meine neue Errungenschaft, mein Eigentum, mein *Spielzeug* zeigen." Damit lächelte sie mit ihrem geschminkten

Mund in einer Weise, dass es Peter wieder einmal unbehaglich wurde.

„Ich soll raus?", frage er hoffnungslos, denn inzwischen kannte er Charlies Willenskraft. „*So?*"

„Das wäre doch nicht das erste Mal."

„Das erste Mal war aber in Gummistiefeln und Regenmantel."

„Und Rock."

„Meinetwegen. Aber da sah ich doch nicht *so* aus!"

„Wieso? Wie siehst du denn aus?"

„Na, so ..." Peter wusste nicht, wie er in Worte kleiden sollte, was er fühlte.

„So ‚schick'?", half Charlie ihm.

„Das meine ich nicht. Ich bin doch ... irgendwie ..."

„‚Festlich'?"

„Das meine ich auch nicht."

„Aber du *bist* schick und festlich, genau so wie ich! Frauen müssen doch nicht immer im Schlabberlook herumlaufen. Wir dürfen uns auch mal schick machen."

„Ja, aber das kommt ein bisschen überraschend."

„Und magst du keine Überraschungen?"

„Doch ... aber ..."

„Du bist mein Spielzeug, schon vergessen? Seit wann hat ein Spielzeug das Recht, sich dagegen zu wehren, dass mit ihm gespielt wird? Und was ist denn schon dabei: Wir gehen aus! Nun hab dich nicht so und zieh dir deine Schuhe an!"

Charlie gab Peter flache Schuhe und sie brachen auf. Sie gingen zu Fuß durch die Siedlung. Peter beobachtete alles mit ängstlichen Augen. Das Wetter war schön und es waren eine Reihe von Menschen auf der Straße. Viele von ihnen grüßten Charlie und nickten Peter zu. Peter wäre gern jedes Mal im Boden versunken. Aber niemand stutzte, keiner machte irgendeine Bemerkung oder zeigte gar mit dem Finger auf ihn. Sie schienen alle davon überzeugt zu sein, dass Charlie mit einer Freundin spazierengeht.

Nachdem sie dreimal in Straßen eingebogen waren, standen sie vor einem Bungalow, der in einem großen Garten stand. Charlie ging ganz selbstverständlich durch das niedrige Gartentor und klingelte am Eingang des Hauses. Kurz darauf wurde die Tür geöffnet und ein Mann begrüßte die beiden, der etwa so alt war wie Peters Vater und der ebenfalls nichts zu merken schien. Er nahm den beiden höflich ihre Jacken ab und in diesem Augenblick betrat ein jüngerer Mann den Raum, der Charlie sofort in seine Arme nahm und auf den Mund küsste. Charlie schien in seinen Armen förmlich zu schmelzen.

„Das ist Petra", sagte sie, nachdem sie den Kuss ausgekostet hatte, und wies auf Peter. „Ich habe es ja gesagt, ich bringe sie mit!"

Der junge Mann, der Charlie weiter in seinem Arm hielt, streckte sich vor und gab Peter die Hand. „Angenehm", sagte er und musterte Peter von oben bis unten, „Charlie hat dich schon angekündigt. So ein schönes Mädchen!"

Peter wurde knallrot, blickte verschämt zu Boden und der Mann grinste.

„Das ist Leo", sagte Charlie, „mein Freund." Während sie dies sagte, wurde sie einen Hauch leiser, und Peter merkte, wie ungewohnt diese Bezeichnung für sie offenbar war. „Er ist eine Klasse über mir in derselben Schule."

Sie gingen in den hinteren Teil des Bungalows, in dem Leos Zimmer lag. Es war ein sehr großes Zimmer, ganz offensichtlich das alleinige Reich Leos.

„Möchtet ihr etwas trinken?", fragte Leo und holte aus der Küche eine Flasche Sekt und eine Flasche Orangensaft. Er schenkte für sich und Charlie Sekt ein, für Peter Saft. Dann nahmen sie die Gläser und stießen an.

Charlie sah Peter eindringlich an. „Das hier" – sie beschrieb mit dem Glas einen großen Kreis, der einfach *Alles* einschließen sollte, was geschah – „ist unser Geheimnis, mein kleines Spielzeug, nicht wahr? Schließlich kenne ich auch deins."

Peter schwieg. Er war in die Welt der ,Großen' eingetreten und entsprechend eingeschüchtert.

Charlie legte sich auf dem Sofa in Leos Arme und öffnete die oberen beiden Knöpfe ihrer Bluse. Selbst Peter, der auf der anderen Seite des Tischs saß, konnte ihren BH und den Ansatz ihrer Brust erkennen.

Leo lehnte sich zurück, so dass Charlie fast auf ihm lag. Er trank noch einen großen Schluck Sekt und stellte das Glas dann zur Seite. Mit der frei gewordenen Hand fuhr er ungeniert in Charlies Ausschnitt und streichelte sanft ihre Brust. Charlie schloss genießerisch die Augen. Sie fuhr sich mit der Zunge über ihre Oberlippe und machte dabei ganz leise Geräusche.

Peter wusste nicht, wohin er sehen sollte. Einerseits schämte er sich für das, was er sah, andererseits faszinierte es ihn. Charlie hatte sich so sehr in den Genuss hineinfallen lassen, dass er sie kaum wiedererkannte. Dies war jedenfalls eine ganz andere Charlie als die, die er im Kreis ihrer Familie kennengelernt hatte.

Und dieser Leo – er tat alles mit großer Selbstverständlichkeit. Dabei verlor er nicht die Kontrolle. Er streichelte Charlie sanft, schloss dabei aber nicht die Augen, sondern beobachtete sie. Er lächelte. Peter glaubte ihm, dass er Charlie sehr gern hatte und fühlte sich ihm irgendwie verbunden.

Als er sein Glas vom Tisch nahm und einen Schluck trank, öffnete Charlie die Augen und sah Peter an. „Komm her!", flüsterte sie und zeigte auf den Sessel, der direkt neben ihr stand.

Peter erhob sich möglichst lautlos und setzte sich vorsichtig auf die vordere Kante des Sessels, als wolle er nicht zu viel Platz einnehmen.

Charlie schloss wieder ihre Augen. Dann hob sie ihre Hand und legte sie Peter in den Schoß.

Peter hatte die Beine züchtig geschlossen, als er sich hinsetzte – weniger aus Sittsamkeit, als vielmehr aus dem Bemühen heraus, möglichst wenig anwesend zu sein. Charlie drückte seine Beine ganz leicht auseinander. Ihre Hand verschwand zwischen ihnen. Peters Rock rutschte ein wenig hoch.

Währenddessen hatte Leo Charlie weiter gestreichelt und ihr sicht- und sogar hörbaren Genuss verschafft. Zugleich aber beobachtete er, was Charlie mit Peter tat.

Dieser hatte seine Augen ängstlich geöffnet. Charlies Hand war zum Stillstand gekommen, kurz bevor sie das Ende der Sackgasse zwischen den Schenkeln erreicht hatte. Dort blieb sie nun liegen und streichelte ganz leicht die Innenseiten der Schenkel.

„Lehn dich zurück, Peter", hörte Peter Charlie plötzlich flüstern. Er erstarrte. ‚Peter'? Da sah er, dass Charlie ihn ansah. Sie lächelte. Und auch Leo lächelte. „Hab keine Angst", flüsterte dieser, „bei Charlie bist du in *sehr* guten Händen!"

Leo schien sich nicht zu wundern.

„Hast du gedacht, Leo wüsste es nicht?", fragte Charlie nach einer kurzen Pause. „Leo weiß Bescheid! Über *alles*! Und er kann sehr gut damit umgehen. Nicht wahr, Leo?"

Leo lächelte. „Ich bewundere deinen Mut! Wirklich: Ich bewundere dich! Dass du das alles mitmachst, und *wie* du das machst! Aber du bist ja auch ein so schönes Mädchen, dass du es dir leisten kannst."

Da spürte Peter, wie wie zur Bestätigung Charlies Hand zwischen seinen Schenkeln wieder zu streicheln begann.

Nun war es an Peter, die Augen zu schließen. Er war verwirrt, und was er sah, verwirrte ihn noch mehr.

Das Streicheln wurde intensiver. Vielleicht war es auch nur der Effekt, dass Peter die Augen geschlossen hatte und sich nun ganz darauf konzentrierte, aber er spürte, wie sich Erregung in ihm aufbaute. In seinem Unterleib begann es zu kribbeln, als wenn er nervös wäre, aber der Grad der ‚Nervosität' war wesentlich höher als alles, was er bisher erlebt hatte. Charlies Hand rückte ein Stückchen weiter unter Peters Rock.

Für einen Augenblick wurde sein Gesichtsausdruck angestrengt. Charlie ließ sich davon nicht beeindrucken. Er hörte, wie sie selbst wieder ganz leise zu stöhnen begonnen hatte. Sie genoss es, sonst hätte sie ihre Hand weggenommen.

Da begann auch Peter langsam, es zu genießen. Er wusste nicht recht, wie ihm geschah, aber er spürte, wie es in seinem Schoß warm wurde. Charlies Hand streichelte nach wie vor seine Schenkel. Sie fuhr über den zarten Stoff der Strumpfhose. Peter dachte an das Spitzenhöschen, das er darunter trug. Und dann dachte er an das Tattoo, das ihn zu Charlies Spielzeug machte. Und irgendwie fand er auch dies erregend, dass sie Besitz von ihm ergriffen und ihn ‚gebrandmarkt' hatte. Dies war eine andere Welt. Hier galten andere Regeln. Und schließlich dachte er an Julie. Die Liebe seines Lebens. Er wünschte so sehr, ihr alles zu geben, was sie sich wünschte. Dass er gut genug für sie wäre. Dass sie hier bei ihm sein könnte. Und er stellte sie sich vor, wie sie dastand in einem wunderschönen Kleid, mit ihren Gummistiefeln, lächelnd, lachend – und wie sie ihn küsste …

Es brauchte keiner langen Vorbereitung und es dauerte nicht lange. Plötzlich zuckte es in seinem Schoß. Charlies Hand blieb still liegen. Peter bäumte sich kurz auf – dann war es auch schon vorbei. Aber er spürte plötzlich eine ganz unbekannte Form der Freude in sich. Wie gut und wie schön das alles war! All diese Menschen, und mittendrin seine Liebe! Wie sehr er Julie liebte! All das machte ihn glücklich.

Als er die Augen öffnete, waren Charlie und Leo wieder in einem Kuss vereint. Charlie hatte ihre Arme um Leos Nacken gelegt, er hatte sie leicht zu sich hochgezogen. Sie küssten sich innig und lange. So lange, dass Peter Zeit hatte, sich im Sessel wieder aufzusetzen, sein Kleid zu ordnen und festzustellen, dass sich irgendetwas in seinem Schoß ungewohnt anfühlte. Aber er wusste nicht genau, was das war.

Sie saßen noch lange da und unterhielten sich. Peter war noch immer eingeschüchtert von der Souveränität der ‚Großen‘, aber trotzdem beteiligte er sich am Gespräch, so gut er konnte.

Sie sprachen über alles mögliche. Auch Leo spielte ein Musikinstrument und er war darin so gut, dass er sich darum bewarb, als Jungstudent an der nahegelegenen Musikhochschule aufgenommen zu werden. Er erzählte von Erlebnissen mit seinem Orchester und mit Solokonzerten, sie tauschten sich über ihren Musikgeschmack aus, und kamen von dort auf Filme. Als Leo ein Computerspiel ansprach, war Peter in seinem Element.

Sie stellten fest, dass sie eines dieser Spiele *beide* spielten und versuchten herauszufinden, ob sie sich dort vielleicht schon einmal begegnet waren, verkleidet durch ihre Avatars. Sie hätten gern gewusst, wer von beiden eine Runde weiter gekommen war, falls sie wirklich die Schwerter gekreuzt hatten, doch war eine entsprechende Begegnung nicht zu rekonstruieren.

Dann sah Charlie auf die Uhr und stellte fest, dass es Zeit war, nach Hause zurückzukehren, wenn sie nicht wollten, dass die anderen etwas von ihrem Ausflug erfuhren.

Zum Abschied küssten sich Charlie und Leo noch einmal innig. Dann gab Leo Peter die Hand.

„Auf Wiedersehen, schönes Fräulein", sagte er lächelnd. „Es würde mich freuen, wenn das keine Floskel bleibt."

„Das ‚schöne Fräulein'?", mischte sich Charlie grinsend ein.

„Nein, das Wiedersehen", korrigierte Leo. „Vielleicht gehen wir ja mal alle zusammen ins Kino. Oder wir gehen in die Stadt und trinken einen Kaffee miteinander. Dann kann auch Julie mitkommen. Ins Kino natürlich auch."

Und dann waren sie wieder zu Hause. Sie mussten sich umziehen, Charlie schminkte sie beide ab und gab Peter eine schwarze Leggins und ein bequemes, weites Kleid, das ihm fast bis zu den Knien ging.

„Aber pass auf", sagte sie. „Bequeme Kleider könnten dich dazu verführen, dich wieder wie ein Prol zu bewegen und zu verhalten – dich herumzufläzen, herumzurennen und dich zu bewegen wie ein Bauer. Wenn du willst, dass du weiterhin Komplimente bekommst und Männer dich ‚schönes Fräulein' nennen, dir nachse-

hen und vielleicht sogar hinterherpfeifen, dann beweg'
dich lieber wie ein Mädchen!"

Als Maria, Julie und Marie zurückkehrten, saßen und
lagen Charlie und Peter vor dem Fernseher und sahen
einen Film an: die *Westside-Story*. So lange Peter Jungen-
Hosen getragen hatte, hatte er solche ‚Schnulzen' verab-
scheut, weil er geglaubt hatte, dass man das als ‚richtiger
Mann' so tat. Doch nun, während er ein Kleid und
Strumpfhosen trug, war er offener und empfänglicher.
Jetzt sah er die Liebesgeschichte mit anderen Augen und
ließ sich auch auf die Musik anders ein. Und die Drama-
tik der Geschichte rührte ihn am Ende so sehr, dass er
bei dem Song *Somewhere* und schließlich am Ende, als
Tony in Marias Armen stirbt, mit den Tränen zu kämp-
fen hatte.

Julie kam sofort aufgeregt ins Wohnzimmer gerannt,
kaum dass sie ihren Mantel und die Schuhe ausgezogen
hatte.

„Rate, was wir dir mitgebracht haben!", platzte sie
heraus.

Peter setzte sich auf und starrte Julie hilflos an.

„Wie soll er denn das erraten", rief Maria, die soeben
gleichfalls aus der Diele ins Wohnzimmer trat mit einem
Zettel in der Hand. „Das *kann* man doch gar nicht raten!"

„Sie soll es trotzdem versuchen", beharrte Julie.

Peter war noch immer ratlos. „Tja", sagte er, „ich
weiß nicht. Vielleicht ein Buch?"

„Falsch!" Juli triumphierte.

„Oder … einen Film?"

„Wieder falsch. Noch einmal!"

„Ich weiß nicht …" Peter fiel nichts mehr ein.

„Ohrringe!", rief Charlie vom Sofa aus.

„Quatsch!"

„Ein Nagelkunst-Set!"

Julie schnaubte verächtlich.

„Lockenwickler!"

Jetzt musste auch Julie lachen.

„Gestreifte Overknee-Strümpfe! Eine Halskette! Ein Armband! Einen Ring!" Peter war es ein Rätsel, woher Charlie all diese Ideen nahm.

„Fast. Du bist schon nahe dran." Julie ließ sich in einen Sessel fallen und hatte plötzlich ein kleines Paket in der Hand. Das gab sie Peter. „Da", sagte sie, „das ist für dich!"

Das Paket war in Geschenkpapier verpackt. Peter freute sich sehr darüber, dass er – zu allem anderen – nun auch noch ein richtiges Geschenk bekam. Mit drei Handgriffen hatte er es geöffnet. Heraus fiel ein wunderschönes, weiches Tuch mit langen Fransen an zweien der Enden.

„Ein Tuch!", frohlockte Charlie. „Welch eine gute Idee!"

Julie nahm es Peter aus den Händen und drapierte es kunstvoll um seine Schultern. Es war so weich, dass es sich wunderbar anfühlte.

„Das ist für dich", sagte sie noch einmal, und etwas leiser: „damit du mich nicht vergisst!"

Erneut stiegen Peter Tränen in die Augen. Er konnte nichts sagen. Aber er hatte das Gefühl, dass das Tuch genauso weich war wie Julies Haut. Und dass es nach ihr duftete. Er hätte es niemals wieder abgegeben.

„Danke!", hauchte er nach einiger Zeit.

Julie lächelte nur. „Gefällt es dir denn?"

„Es ist wunderschön!" Was hätte er auch sonst sagen sollen – *alles*, was Julie berührte, war wie durch Zauberhand wunderschön.

Das Postpaket

Wenig später betrat Maria, die zwischenzeitlich wieder verschwunden war, erneut das Wohnzimmer, in ihrer Hand ein Postpaket.

„Das hier hat der Postbote heute Mittag bei den Nachbarn abgegeben, *weil niemand hier war.*"

Bei den letzten Worten blickte sie Charlie fragend an.

„Tja," erwiderte diese und räkelte sich genüsslich auf dem Sofa, „wir haben einen kleinen Spaziergang gemacht."

„Ihr seid spazieren gegangen? Das ist ja etwas ganz Neues, dass *du* spazieren gehst."

„Ja, das Leben ist Wandel! Wusstest du das nicht?" Charlie wirkte plötzlich fast ein wenig erbost. „Und außerdem: was hätten wir denn sonst tun sollen!"

Maria wandte sich wieder an Peter und Julie. „Das ist das Paket mit Peters Sachen."

„Oh!", machte Julie kurz und blickte Peter erschrocken an. Der blieb stumm.

Auch Maria zögerte einen Augenblick. „Dann brauchst du jetzt keine Mädchen-Kleider mehr zu tragen, Peter", sagte sie dann vorsichtig.

Noch immer sagte Peter nichts.

Da seufzte Julie und sagte: „Schade!"

Charlie musterte Peter eingehend.

„Wenn du willst, kannst du dich also jetzt wieder umziehen", sagte Maria. „Hier wird alles drin sein, was du brauchst."

Da stand Charlie auf, ging auf Maria zu, nahm ihr das Paket aus der Hand und sagte: „Das nehme ich erst mal an mich."

„Was machst du?!", fragte Maria amüsiert.

Charlie machte ein wichtiges Gesicht. „Wenn ich mich hier so umsehe, dann habe ich den Eindruck, dass die Mehrheit *dagegen* ist, dass Peter wieder *Klamotten* trägt." Das Wort ‚Klamotten' betonte sie so dermaßen abschätzig, als handle es sich dabei nicht um Kleidungsstücke, sondern um etwas ganz Ekliges.

Sie sah Julie an. Nach kurzem Zögern nickte diese.

„Und du?", fragte Maria Peter.

„Mehrheit ist Mehrheit", beharrte Charlie, noch bevor Peter etwas hatte sagen können.

„Aber wir haben noch gar nicht abgestimmt", widersprach Maria. „Wir sind vier, mit Marie fünf. Nach Adam Riese müssten also drei dafür sein, dass Peter weiter Kleider trägt statt Hosen, und ich finde, Peters Stimme sollte doppelt zählen."

„Aber dann kann es einen Patt geben!"

„Aber Charlie! Wir sollten wirklich erst einmal hören, was Peter dazu zu sagen hat, findest du nicht? Du kannst ihn schlecht zwingen, weiterhin Röcke und Kleider zu tragen, wenn er gar nicht will und wenn seine eigenen Sachen hier sind!"

„Wieso nicht? Und außerdem: Vielleicht *will* er ja!"

„Deswegen sollten wir ihn erst einmal fragen, oder?"

„Und wenn er *nicht* will?"

„Dann trägt er wieder Hosen! Schließlich ist er ein Junge!"

Da schaltete sich auch Julie ein. „Das finde ich ungerecht."

„Ungerecht?"

„Ja, weil wir doch so einen Spaß zusammen haben und ich eine neue Freundin gefunden habe, mit der ich mich viel besser verstehe als mit den Jungen, und wenn er jetzt wieder Hosen trägt, dann wird es außerdem fürchterlich langweilig und er wird ein Macho und will nur Computerspiele spielen und interessiert sich nicht mehr für Mädchensachen."

„Aber es gibt doch genügend Dinge, die ihr trotzdem unternehmen könnt."

„Was denn? Sollen wir in den Zoo gehen? Oder die ganze Woche lang Monopoly spielen? Das mit den Mädchensachen war doch viel spannender."

„Also, Julie, jetzt bist aber *du* ungerecht. Lass Peter doch erst einmal selbst zu Wort kommen."

Nun beharrte wieder Charlie: „Aber er hat es mir versprochen!"

„Er hat es dir *versprochen*?", fragte Maria gespannt. „*Was* hat er dir versprochen?"

Da verstummte Charlie. Dann warf sie sich auf's Sofa, murmelte „ach, nichts" und gab vor, sich mit anderem zu beschäftigen.

Aber Julie wollte sich nicht geschlagen geben. „Wieso musste denn dieses blöde Paket kommen! Können wir nicht einfach so tun, als wenn es nicht da wäre? Als wenn es verlorengegangen wäre?"

„Ehrlich gesagt hatte ich schon fast angenommen, ihr hättet es versteckt", wandte da Maria ein und lachte. „Weil es doch so ungewöhnlich lange gebraucht hat."

„Hätten wir das doch mal getan!", seufzte Julie und warf sich neben Charlie auf's Sofa.

Da setzte sich Charlie wieder auf: „Dann also abstimmen! Und Marie" – sie hob drohend den Zeigefinger – „*wehe* du machst jetzt was Blödes!"

Marie machte große Augen und flüchtete instinktiv zu ihrer Mutter.

„Lass Marie in Ruhe, Charlie. Du musst sie nicht einschüchtern. Sie kann abstimmen, wie sie will!"

„Aber Peters Stimme zählt nicht doppelt", wandte da Julie wieder ein, „das ist ungerecht."

„Ich finde das sowieso eine Schnapsidee", beharrte Maria nun ernster. „Ihr könnt Peter nicht gegen seinen Willen in eure Kleider stecken. Nicht wenn er selber lieber wieder seine eigenen Sachen tragen würde."

„Doch, können wir", beharrte Charlie mit einem beschwörenden Blick auf Peter. *„Wir können das!"* Dabei richtete sie ihre Augen ostentativ auf jene Stelle, an der Peter unter seinen Leggins das Tattoo trug, das sie dort angebracht hatte.

Während der ganzen Zeit hatte Peter die Auseinandersetzung verfolgt, ohne sich über seine eigenen Gefühle klar zu werden. Er sah den erbitterten Widerstand Julies und Charlies gegen seine Rückkehr in die ‚Klamotten'. Das berührte ihn. Für einen Augenblick war er froh gewesen, dass das Paket eingetroffen war, doch je länger er zuhörte, desto mehr wurde ihm klar, dass damit dieser seltsame, märchenhafte Traum mit seinen unendlich vielen Überraschungen zu Ende sein würde. Wenn er das Paket entgegennahm, in sein Zimmer ging und den wunderbaren Spitzenslip gegen seine Unterhosen und die Strumpfhose gegen seine Tennissocken austauschte, war dieses Abenteuer vorüber, unwiederbringlich.

Und würde Julie ihn dann noch mögen? Sie hatte so oft signalisiert, wie sehr sie sich über die Freundin freute, die sie gewonnen hatte, hatte sogar ausdrücklich gesagt, dass sie ihn im Kleid *mehr* mochte als in seiner Hose. Wenn das stimmte, war er dumm, wenn er all dies aufgab. Cool, aber dumm.

Andererseits: Er scheute sich zuzugeben, dass er inzwischen *lieber* einen Rock, einen Spitzenslip und Seidenstrumpfhosen trug als seine Klamotten. Spontan wollte der Junge in ihm cool sein, lässig und stark. Allerdings würde er dafür einen Preis zahlen müssen. Das wurde ihm klar, während die Mädchen weiterhin Widerstand gegen das scheinbar Unvermeidliche leisteten.

Peter wusste nicht, wo ihm der Kopf stand. Wollten die Mädchen denn wirklich, dass er weiter als Mädchen herumlief? Würden sie ihn dann nicht doch noch verspotten? Bisher hatte es eine gewisse Notwendigkeit gegeben und er war ihnen sehr dankbar, dass sie ihn nicht ausgelacht hatten. Doch jetzt sah die Situation anders aus. Jetzt wäre es *natürlich* gewesen, dass er wieder seine eigenen Sachen trug, wie das jeder richtige Junge tat – aber ganz offensichtlich wollten sie das nicht. Unbegreiflicherweise wehrten sie sich dagegen, wollten erreichen, dass er blieb, wie er war.

Und dann war da Charlie. Sie hatte ihn ,gebrandmarkt', hatte ihn ,in Besitz genommen', und das schien sie ernster gemeint zu haben als er gedacht hatte. Sie schaute ihn beschwörend an, als wollte sie auf ihr ,Recht' beharren. Sie machte den Eindruck, als würde er Konsequenzen befürchten müssen, wenn er sich nicht an die seltsame Abmachung hielt. Tatsächlich trug er ja noch immer das Tattoo auf seinem Bauch, und ganz offensichtlich war das Spiel noch nicht zu Ende. Seit ihrem eindringlichen Blick hatte er daran keinen Zweifel mehr. Sollte er das einfach ignorieren? Und was würde dann geschehen?

Und schließlich Julie: er wollte sie auf keinen Fall enttäuschen. Er wollte *alles* tun, um ihr zu gefallen. Aber meinte sie das immernoch ernst, dass er ihr in Mädchenkleidern lieber war als in Jungenklamotten? Oder täuschte er sich? Julie schien den Tränen nahe zu sein, jedenfalls war sie enttäuscht und traurig, und wenn er jetzt sagen würde, dass er sich lieber wieder umziehen wolle – konnte es sein, dass er sie dann verlieren würde?

Dass sie ihn dann nicht mehr mochte, obwohl sie ihn in Mädchenkleidern *so sehr* gemocht hatte? Gerade sah sie ihn bittend an, während Charlie weitere Argumente zusammenklaubte, mit denen sie eine Abstimmung erzwingen wollte, und Maria allein ihm die Entscheidung überlassen wollte.

Am irritierendsten allerdings war, dass er, wenn er in sich hinein horchte, selbst *enttäuscht* war. Er begann langsam zu ahnen, dass er in seinem Innersten wünschte, dass das Paket niemals gekommen wäre. Die vergangenen Tage waren wunderschön gewesen, ein Abenteuer, wie er es in seinem Leben noch nicht erlebt hatte. Er hatte viele ‚Gefahren' bestanden, aber gerade in diesen Gefahren hatte er viele wunderbare Dinge entdeckt. Und er hatte sich immer wohler gefühlt. Noch immer fühlten sich diese Kleider so gut an, wie er es vorher noch nie erlebt hatte. Hatte er nicht erst vor ein paar Stunden beschlossen, dieses Spitzenhöschen niemals wieder auszuziehen? Fühlte sich nicht alles *wunderbar* an? Und das wollte er nun ganz einfach aufgeben, indem er tat, was er meinte, dass ‚man' es tat oder seine fernen Klassenkameraden von ihm erwarten würden?

Er steckte in der Klemme, das spürte er nur zu deutlich. Er *wollte* diese Kleider nicht ausziehen. Aber als Junge hätte er es eigentlich gemusst. Er nahm an, dass das von ihm erwartet würde – allerdings ganz offensichtlich nicht von Julie und Charlie. Dabei hatte er die Grenze schon längst überschritten: Würde jemals einer seiner Klassenkameraden erfahren, was in den vergangenen Tagen hier geschehen war, dann wäre er ‚unten durch'. Sie würden ihn auslachen, bis ihnen die Zungen in den Hälsen geschwollen wären und er würde niemals wieder mit ihnen Fußball spielen können, ohne als ‚Mädchen' verspottet zu werden, als ‚Schwuchtel' oder als ‚Weichei'. Das Kind *war* also tatsächlich bereits in den Brunnen gefallen, dafür hatte er nun zu lange diese Rolle gespielt. Also konnte er eigentlich beruhigt weiter machen. Wenn sein Ruf sowieso ruiniert war, käme es nicht mehr darauf an.

Und wer wusste schon, was es noch alles zu entdecken gab! Bis jetzt hatte jeder Tag Neues gebracht. Immer hatte er gedacht, jetzt sei alles geschehen, jetzt gäbe es nichts Neues mehr zu entdecken. Aber der Vorrat an Überraschungen schien geradezu unerschöpflich zu sein. Wollte er das wirklich beenden? Rückkehr in Jungenklamotten und zu Computerspielen, statt gemeinsam mit Julie eine neue Welt zu entdecken und einbezogen zu werden in Charlies geheimste Geheimnisse? Das wäre idiotisch!

Und als Junge konnte er auch das Tuch nicht tragen, das Julie ‚Petra' geschenkt hatte! Nur heimlich, wenn ihn niemand sah.

Da bemerkte er, dass alle ihn gespannt ansahen.

„Und?", fragte Maria ihn, „was sagst du nun selbst dazu?"

Peter räusperte sich. Er hatte keine Ahnung, wie die Diskussion in den vergangenen Minuten verlaufen war. Und schließlich war er selbst auch noch nicht wirklich zu einer Entscheidung gekommen.

„Tja", sagte er deshalb vage, „ich weiß nicht."

„Also, da haben wir's doch", fiel Charlie wieder ein, „er weiß es selber nicht. Das heißt doch auch, dass er *grundsätzlich* eigentlich nichts dagegen hat, weiter Mädchenkleider zu tragen."

Maria wandte sich wieder an ihn. „Stimmt das?"

„Na ja", Peter zögerte noch immer, „also, *grundsätzlich* ..." Er verstummte, als müsse er über dieses Wort erst nachdenken.

„Hast du *grundsätzlich* etwas dagegen?", fragte ihn nun Julie eindringlich und setzte sich zu ihm auf die Sessellehne. Sie nahm seine Hand in die ihre. „Waren die letzten Tage *grundsätzlich* nicht eigentlich sehr schön?"

Peter lächelte unsicher. „Doch, sicher, das waren sie."

„Na also!" Julie klatschte in die Hände.

„Moment!", beharrte Maria, „er hat sich ja noch nicht entschieden."

„Doch, hat er!", sagte Julie und streichelte seine Hand. „Hast du doch, oder nicht? Du möchtest so bleiben und weiter unsere Kleider tragen."

Peter sah Julie an. Sie war so wunderschön! Das schönste Mädchen, das er kannte. Und sie lächelte ihn an – *ihn!* – und streichelte seine Hand. Sie mochte ihn, daran gab es keinen Zweifel. Und sie mochte ihn *so!* Zu einem ordentlichen Gedanken war er allerdings nicht mehr in der Lage. Stattdessen nickte er nur und sagte leise: „Ja."

„Na also!", triumphierte Julie und sprang auf, „dafür darf sie jetzt das schönste Kleid anziehen, das wir in unseren Schränken haben!"

Vorbereitungen

Es war beim Frühstück am nächsten Morgen, als Maria, während alle fröhlich vor sich hinmampften – Peter mit dem Tuch, das Julie ihm geschenkt hatte, um den Hals –, plötzlich ein ernstes Gesicht machte.

„Euston, wir haben ein Problem." Die anderen sahen sie gespannt an. „Ahnt ihr es schon?"

„Das Konzert?", fragte Charlie mit vollem Mund.

„Genau", antwortete Maria, „das Konzert." Und damit wandte sie sich an Peter. „Heute Abend ist ein Konzert, weißt du? *Peter und der Wolf* heißt das Stück und ist von dem russischen Komponisten Sergej Prokofjew. Eigentlich ist es eine Art Märchen, das aber als Musik erzählt wird. Es handelt unter anderem von Tieren, und jedes Tier, das in der Geschichte auftaucht, wird in der Musik von einem bestimmten Instrument dargestellt. Bevor das eigentliche Konzert beginnt, werden die einzelnen Tiere und die Instrumente, die sie darstellen, gezeigt und vorgeführt: Klarinette, Oboe, Fagott und so weiter. Hast du davon schon einmal gehört?"

Peter schüttelte den Kopf.

„Es ist ein richtiges Konzert", begann die kleine Marie plötzlich altklug zu erzählen, „im Konzertsaal und mit einem richtigen Orchester! Mit Trompeten und Posaunen und Trommeln!"

„Das sind Pauken", verbesserte Julie, die offenbar selbst ihr Wissen kundtun wollte."

„Jedenfalls ist es nur für Kinder," beharrte Marie eigensinnig.

Aber Julie ließ nicht locker: „Für Kinder und Jugendliche. Charlie ist selbstverständlich schon zu alt für soetwas. Und auch ich bin ja eigentlich schon fast eine Jugendliche!"

„Ja", sagte Maria, „deswegen wollten Julie, Marie und ich dorthin gehen, und wenn möglich kommt Paul noch dazu, direkt von der Arbeit."

„Er trägt auf der Arbeit nämlich einen Anzug", erzählte Marie wieder, die ganz langsam auftaute, „da muss er sich also nicht extra umziehen. Aber wir – wir müssen uns fein machen. Ich habe extra ein neues Kleid bekommen", betonte sie stolz und in sichtbarer Vorfreude. Charlie verdrehte die Augen.

„Es stellt sich nun also die Frage, ob du mitgehen möchtest," wandte sich Maria wieder an Peter. „Wir bekommen an der Abendkasse sicher noch eine Karte für dich."

Peter war spontan begeistert. Er mochte Musik, spielte selbst Geige und war in einem Jugendorchester, das richtige, sinfonische Stücke spielte. Zwar saß er noch ziemlich weit hinten im Orchester und himmelte heimlich die Konzertmeisterin an, die ihn selbstverständlich noch nie eines Blickes gewürdigt hatte, aber das hinderte ihn nicht daran, extra für sie eklatant schön zu spielen. Die Musik war sein Steckenpferd. „Gern", sagte er deshalb, „von Prokofjew haben wir schon einmal etwas aus *Romeo und Julia* gespielt, das war sehr schön."

„Gut", sagte Maria und lächelte, „das freut mich. Es gibt nur einen kleinen Haken dabei."

Peter sah sie gespannt an.

„Zwar ist inzwischen das Paket mit deinen Sachen gekommen. Aber ich nehme an, dass darin nicht gerade ein Anzug war, oder? Hast du vielleicht wenigstens eine schwarze Hose und ein weißes Hemd?"

Peter schüttelte den Kopf. „Ich habe nur Jeans und T-Shirts, und die sind eher blau."

„Das heißt, auch wenn das Paket angekommen ist, hast du noch immer nichts anzuziehen. Denn bei diesen Konzerten für Kinder ist es üblich, dass man sich richtig fein macht."

„Fein?" Peter fühlte seinen Mut sinken.

„Schick", warf Julie begeistert ein, „wir müssen uns richtig schick machen! Das macht doch Spaß! Ich habe ein Kleid, das aus Seide ist und das schimmert und eine Schleife am Rücken hat. Das werde ich anziehen!"

Peter konnte sich vorstellen, dass Julie darin wunderschön aussehen musste; er hätte einiges darum gegeben, sie so zu sehen. Aber er hatte keine Ahnung, wie er das bewerkstelligen sollte.

„Da werde ich wohl nicht mitgehen können", sagte er traurig, „wenn Jeans und T-Shirts nicht erlaubt sind."

Mit einem Seitenblick sah er, wie Charlie grinste. „Das ist doch endlich mal eine Herausforderung!", warf sie von ihrem Ende des Tischs tatendurstig ein.

„Eine Herausforderung?"

„Na, Peter hat doch sowieso gesagt, dass er lieber Mädchen- als Jungensachen tragen will. Und da verstehe ich nicht, wieso wir ihn nicht so schick anziehen können, dass er auch zu dem Konzert gehen kann."

Julie klatschte in die Hände: „Die Eisverkäuferin hat schon gedacht, er sei ein Mädchen!" Peter wäre Julie gern ins Wort gefallen, um sie daran zu hindern, die Geschichte zu erzählen, aber sie ließ sich nicht bremsen. „Sie hat ihn ganz selbstverständlich als Mädchen angesprochen! Er ist rot geworden – und das sah noch mehr aus wie ein Mädchen!" Sie lachte schallend.

Maria lächelte Peter an, der wieder rot war und verlegen auf seinen Teller niedersah. „Na, wenn das so ist … hätte Petra denn nicht Lust, sich schick zu machen und mitzugehen?"

Peter schwieg betreten. „Ich weiß nicht ...", sagte er dann zögernd. Er war wiederum unschlüssig. Einerseits wollte er sehr gern die Musik hören – und noch lieber wollte er Julie sehen in ihrem wunderschönen Kleid. Aber es war *eines*, in einem Kleid, Regenmantel und Gummistiefeln durch den Wald zu stapfen oder in eine Eisdiele zu gehen, und etwas *ganz anderes*, in einem Kleid in ein Konzert zu gehen, wo unendlich viele Menschen waren, die alle erkennen würden, was mit ihm los war – ein Junge in Mädchenkleidern.

Aber nun übernahm Charlie die Initiative, so dass Peters Widerstand, kaum aufgeflammt, in sich selbst zusammenbrach.

„Wir werden gleich nach dem Mittagessen anfangen, alles vorzubereiten. Wir werden sicherlich in meinem Schrank etwas finden, das Petra passt und schick genug für das Konzert ist. Lasst mich nur machen." Sie sah ihre Mutter bittend an.

„Toll!" Julie klatschte in die Hände. „Dann gehen wir als drei Mädchen mit Mama und Papa ins Konzert. Ich bin gespannt, was Papa für Augen machen wird, wenn er Petra im Abendkleid sieht."

Maria lächelte. „Und was sagst du?", wandte sie sich noch einmal an Peter. Aber der kam nicht mehr zu Wort. Charlie und Julie hatten vollkommen die Initiative übernommen. Und Peter ließ es geschehen. Er hatte nun schon so einiges erlebt in diesen Tagen. Und Maria hatte ja recht: Die Sachen, die mit seinem Paket gekommen waren, waren nicht annähernd so schick, dass er neben Julie bestehen könnte. Und er wollte *Peter und der Wolf* sehr gern hören, und er wollte Julie sehen ... So schlimm würde es schon nicht werden.

Allerdings hatte er keine Vorstellung davon, wie es tatsächlich werden würde.

Zunächst beschloss Charlie, angesichts der veränderten Umstände selbst auch mit zum Konzert zu gehen. Plötzlich hatte sie festgestellt, dass sie *Peter und der Wolf* noch nie live gehört hatte, und wenn ohnehin an der Abendkasse noch eine Karte gekauft werden musste, konnten sie auch zwei kaufen.

„Und schließlich muss ja jemand auf Petra aufpassen", flüsterte sie in einem unbeobachteten Moment Peter ins Ohr und machte dabei eine unmissverständliche Bewegung in Richtung des Tattoos, das Peter in seiner Leiste trug.

Dann verbrachte sie nach dem Mittagessen geraume Zeit damit, ihren Kleiderschrank und ihre Schubladen zu durchforsten. Immerhin brauchte sie nun *zwei* festliche Outfits. Keine einfache Sache, zumal, wie sie behauptete, mindestens die Hälfte ihrer Kleidung in der Wäsche sein musste.

Und auch Julie durchforstete ihren Schrank. Als erstes entnahm sie ihm ihr Kleid. Peter war sofort hingerissen. Es war dunkelrot und glänzte kostbar in verschiedenen Rottönen. Der Rock stand etwas ab – Julie zeigte ihm einen Unterrock mit ein wenig Tüll, den sie darunter tragen würde –, die Taille wurde durch eine breite Schärpe zusammengehalten, die hinten zu einer Schleife gebunden war.

„Willst du es mal anprobieren?", frage Julie ihn schelmisch, als er den Stoff durch seine Finger gleiten ließ.

„Nein, nein", wehrte Peter ab, „das ist ja *dein* Kleid. Aber es ist wirklich sehr schön."

„Aber ich werde dir nicht zeigen, was ich *drunter* anziehe", sagte sie halb ernst.

„Klar", erwiderte Peter wohlerzogen.

„Aber schau mal", sagte sie und zeigte auf die Brustpartie: „Wie bei einer richtigen Frau."

Tatsächlich schien das Kleid Platz für Brüste zu lassen. Dabei war Peter noch nicht aufgefallen, dass Julie tatsächlich schon richtige Brüste hatte. Julie legte ihre Hände auf ihre Rippen und drückte leicht nach oben. Der kleine Busen zeichnete sich auf diese Weise deutlich ab. Peter erstarrte. Ganz plötzlich veränderte sich das Verhältnis zwischen den beiden. Eben noch waren sie Kinder gewesen, die ganz unbeschwert und unschuldig miteinander umgingen. Und nun regte sich in dem Jungen das Begehren nach der Frau.

Glücklicherweise ließ Julie schnell wieder los und der Busen war wieder verschwunden bis auf leichte Wölbungen unter ihrem Shirt. Sie lächelte ein bisschen verlegen und wandte sich wieder anderen Dingen zu. Aber das Bild blieb in Peters Gedächtnis haften. Die wunderschöne Julie mit richtigen Brüsten ...

Kurz darauf betrat Charlie das Zimmer. „Meinetwegen können wir anfangen", sagte sie geschäftig.

„Aber wir haben noch Stunden Zeit", warf Peter ein.

„Wir müssen schon um vier los, bis dahin sind es noch zwei Stunden", gab Charlie zurück, „gerade genug Zeit, uns alle in Schale zu schmeißen und zu stylen."

„Zu stylen?"

„Du wirst schon sehen."

Und Peter sah.

Zunächst reichte Charlie ihm frische Unterwäsche, einen Slip und ein Unterhemd. Beide hatten einen schmalen Spitzenstreifen. Peter wusste, dass Widerstand zwecklos war. Als er das Unterhemd anziehen wollte – vor Charlies Augen, sie hatte darauf bestanden –, sagte sie plötzlich: „Stopp!"

Peter hielt in der Bewegung inne.

„Du brauchst einen Busen!"

Peter wollte etwas einwerfen, aber Charlie hielt ihn mit einer unmissverständlichen Geste zurück.

„Kein Widerspruch. Mädchen, die so groß sind wie du und ich, haben selbstverständlich einen Busen. Siehst du", damit machte sie eine ähnliche Bewegung wie Julie vor ein paar Minuten, allerdings hätte es dessen in ihrem Fall nicht bedurft: Charlie hatte deutlich sichtbare Brüste.

„Ich trage selbstverständlich einen BH. Und das wirst du auch tun müssen, damit wir etwas da hineinstopfen können."

„Einen BH?"

„Einen Büstenhalter."

„Aber … – niemals!

„Wir müssen ihn ja nicht so groß machen, dass er sofort ins Auge fällt."

„Den BH?"

„Den Busen!"

„Aber warum …"

„Nur gerade so, dass das Kleid oben ausgefüllt ist. Schließlich ist das so geschnitten und wir können das nicht einfach leer lassen, findest du nicht?"

Nun schwieg Peter.

„Also los." Damit nahm Charlie einen BH, den sie offenbar schon die ganze Zeit in der Hand gehabt hatte und legte ihn Peter eigenhändig an. Er passte sehr gut zur Unterwäsche, er hatte die gleiche Farbe und auch ebenfalls einen zarten Spitzenbesatz. Er gefiel Peter, auch wenn ihm gehörig mulmig wurde, als er ihn auf seiner Haut spürte. Und selbstverständlich war da auch wieder Scham. Ein BH – das ging weiter als alles, was zuvor mit ihm geschehen war, meinte er.

„So," sagte Charlie dann, „nun brauchen wir etwas für dort hinein." Damit nahm sie ein weiches Tuch von dem Stapel, den sie auf ihr Bett gelegt hatte, rollte es an zwei Enden zusammen und machte auf diese Weise zwei kleine Bälle aus Stoff. Diese nahm sie und stopfte sie in den BH. „Hm", machte sie sinnierend, „zieh mal das Unterhemd darüber."

Das Unterhemd saß sehr eng, doch auf diese Weise schien sich genau der Effekt zu ergeben, den Charlie erzielen wollte. Zwei runde Wölbungen zeichneten sich ab, die sehr echt wirkten. Sie zupfte hier etwas und dort, und dann schien sie vorerst zufrieden zu sein. „Für den Moment geht es. Vielleicht machen wir da gleich noch etwas dran."

In diesem Augenblick stand Maria in der Tür. „Was hast du denn herausgesucht?", fragte sie ihre große Tochter.

„Ich hatte an mein Konfirmationskleid gedacht", antwortete diese. „Das müsste ihm, Verzeihung" – ein Seitenblick zu Peter – „*ihr* passen."

„Aber es ist schulterfrei."

„Dafür hat es ein Jäckchen. Und warum nicht schulterfrei?"

Maria warf einen professionellen Blick auf Peters Figur. „Stimmt eigentlich. Die Schultern muss er nicht verstecken."

„Nein", sagte Charlie amüsiert, „die muss sie wirklich nicht verstecken."

„Also gut, dann probiert es mal aus." Und sie verschwand wieder.

Charlie war sichtlich erleichtert. „Gut", sagte sie, „wo waren wir stehengeblieben? Ach ja, der Busen."

Und Peter wurde wieder rot. Aber er sagte nichts mehr.

„Okay", sagte Charlie und tätschelte noch einmal den falschen Busen unter dem Unterhemd, „weiter geht's. Jetzt die Strumpfhose. Das kennst du ja nun schon. Eine Frau trägt zum festlichen Outfit *immer* eine Strumpfhose, selbst wenn man sie nicht sieht. Eine *Fein-strumpf-hose*." Charlie genoss das Wort sichtlich. „Oder hättest du lieber Strümpfe? Aber dann bräuchten wir Strapse. Ja, vielleicht ..."

Charlie grinste breit. Sie hatte sehr genau bemerkt, dass sie Peter soeben abgehängt hatte. Er wusste zwar inzwischen, was eine Feinstrumpfhose war, aber unter dem Begriff ‚Strapse' konnte er sich nichts vorstellen. Hätte er sie allerdings gesehen ... Eben dieser Gedanke ging Charlie soeben durch den Kopf.

„Eigentlich hast du recht", sagte sie nachdenklich. „Zu diesem Outfit passen viel besser Strümpfe und Strapse. Moment!"

Damit ging sie an eine Schublade, öffnete sie und holte einiges heraus. Sie trat an Peter heran, zog das Unterhemd, das dieser selbstverständlich *in* den Slip gesteckt hatte, wieder heraus und legte ihm mit einem geübten Griff den Strapsgürtel um. Ehe Peter wusste, wie ihm geschah, war er bereits befestigt.

„Setz dich aufs Bett!"

Dann nahm sie aus einer kleinen Tüte hautfarbene Strümpfe heraus und zog sie Peter an.

„Was ist ..."

„Moment!" Sie hinderte ihn am Reden, bis beide Strümpfe an den Strapsen befestigt waren. Dann strich sie mit den Händen an Peters Beinen entlang über das zarte Nylon. Peter wurde es heiß. Ihm blieben die Worte buchstäblich im Halse stecken. Waren das ...? Er hatte soetwas noch nie an einer Frau gesehen – jedenfalls nicht an einer ‚normalen'. Höchstens ... Aber wenn Charlie soetwas hatte, konnte das doch nicht ... Dann musste das etwas ganz Normales sein. Oder hatte Leo sie ihr geschenkt? Vielleicht machte sich Charlie auch wieder über ihn lustig? Er hoffte nur, dass Julie nicht jetzt ins Zimmer kommen würde.

„Okay", sagte Charlie geschäftig, ließ Peter aufstehen und kam mit einer ihrer Hände plötzlich gefährlich nahe in Richtung von Peters Schritt. „Oh", sagte sie gespielt, „wir kennen uns ja bereits. Aber in diesem speziellen Fall müssen wir dagegen leider etwas tun."

Peter sah an sich herab und bemerkte die Beule, die das Höschen aufwies. Instinktiv versuchte er sie mit der Hand zu verdecken.

„Das wirst du in der Öffentlichkeit nicht machen können, du kleiner Wüstling. Also müssen wir Maßnahmen ergreifen."

„Was denn?" flüsterte Peter, als Charlie untätig und mit in die Taille gestemmten Armen vor ihm stehenblieb und ihn nachdenklich musterte.

„Tja, was?" Sie ließ sich betont viel Zeit.

„Die Strümpfe wieder aus?", schlug Peter zaghaft vor.

„Dann gehen sie bestimmt kaputt", wandte Charlie ein. „Nylon geht ja *sooo* schnell kaputt!"

„Dann mach etwas!" flüsterte Peter mit einem schnellen Blick zur Tür.

„Jedenfalls freut es mich, dass Du Dich offensichtlich wohlfühlst. Und merk dir: das heißt ‚Strapse', was Du da trägst." Charlie grinste und ging wieder zu ihrer Schublade. „Die werden in deinem Leben noch eine wichtige Rolle spielen!" Sie holte wiederum etwas heraus und reichte es Peter.

„Das ist ein Miederhöschen. Der Stoff ist ziemlich fest. Fühl' mal! Da ist sicher auch Gummi mit drin, jedenfalls benutzen Frauen soetwas, um ihre Figur zu formen. Eine etwas gewaltsame Methode vielleicht, aber man schafft es ja nicht immer bis zum Konzertbesuch am Abend, 15 Kilo abzunehmen. Also lässt man, sorry: frau sich eben ein bisschen zusammenquetschen." Sie sah noch einmal auf die Beule in Peters Höschen. „Damit müsste er eigentlich unter Kontrolle zu bringen sein."

Peter beeilte sich, das weiße, spitzenbesetzte Höschen anzuziehen. Er zog es hoch. Charlie half ihm.

„Leg deinen Schwanz nach oben."

„Was?"

„Soll ich es tun?"

„Nein, nein!" Peter beeilte sich, zu tun, was Charlie von ihm verlangte. Dann griff Charlie noch einmal nach der Miederhose und zog sie womöglich noch ein wenig weiter nach oben.

„Okay", sagte sie, so müsste es gehen. Sie musterte Peter noch einmal fachmännisch. „Jetzt zum Frisieren."

„Zum … lass mich hier nicht so stehen, bitte!" flehte Peter wiederum. Was immer noch kommen sollte – er wollte auf keinen Fall so von Julie gesehen werden.

„Willst du das Kleid anziehen, bevor wir dich frisiert haben?"

„Ja, bitte."

„Höre ich das richtig – du *bittest* mich darum, das Kleid anziehen zu dürfen?"

Peter stutzte. Er war sich nicht sicher, was sie von ihm wollte. Schließlich sagte er vorsichtig: „Ja."

„Nur damit ich ganz sicher bin", insistierte Charlie wiederum, „sag es bitte ganz genau, was du möchtest."

„Ich möchte jetzt das Kleid anziehen!"

„Bitte."

„Ja, bitte."

„Im ganzen Satz."

„Liebe Charlie, lass mich bitte das Kleid anziehen." Als er es sagte, merkte er erst, was genau er eigentlich sagte, und erschrak.

„Okay. Gut. Wenn du also unbedingt willst, dann darfst du heute mein Kleid anziehen. Aber sag' hinterher nicht, dass ich dich dazu gezwungen hätte! Und mach' es nicht kaputt!" Sie ging triumphierend an ihren Kleiderschrank und holte ein dunkelblau schimmerndes Kleid heraus. Es hing am Bügel an hauchdünnen Trägern. Der Brustteil war leicht abgesetzt, unterhalb der Brust fiel der Stoff in glatten, schimmernden Bahnen, deren Nähte leicht abgesetzt waren. Der Rockteil war ausgestellt, an seinem Saum ragte eine weitere Stoffschicht heraus, als wären zwei Röcke übereinander genäht. – Peter war sich ganz sicher, dass es etwas so Schönes für Jungen nicht gab.

„Keine Sorge", sagte Charlie, während sie das Kleid vor Peter an die Schranktür hängte, „ich habe auch noch ein Jäckchen dazu. Du wirst nicht frieren müssen."

Peter machte sich indessen ganz andere Sorgen. Wenn ihn darin jemand sehen und als Jungen erkennen würde, würde er sicherlich ausgelacht oder es geschah möglicherweise noch Schlimmeres. Charlie sah ihm seine Sorge offenbar an. „Es darf eben niemand merken", sagte sie plötzlich einfühlsam, „hörst du? Wir müssen einfach alles perfekt machen. *Alles!* Es darf niemand auch nur auf die Idee kommen, dass du *kein* Mädchen bist!"

Peter nickte bedrückt. Worauf hatte er sich da nur wieder eingelassen. Plötzlich kam er sich sehr verloren vor. Und wie in einem Film – dem falschen allerdings.

„Also los! Zieh es an."

Sie öffnete einen Reißverschluss am Rücken und reichte Peter das Kleid. Er nahm den zarten Stoff vorsichtig entgegen und stieg mit einem leichten Gefühl der

Panik hinein. Charlie half ihm, das Kleid hochzuziehen, schloss den Reißverschluss und positionierte die Spaghetti-Träger dort, wohin sie gehörten. Dann ordnete sie den falschen Busen. Als auch das zu ihrer Zufriedenheit geschehen war, trat sie einen Schritt zurück und musterte ihn.

„Nein, da merkt ganz bestimmt niemand etwas! Wenn du keinen Fehler machst, und wenn wir unser Werk noch vollenden können, selbstverständlich, dann kannst du ganz unbesorgt sein. Warte mal."

Nun trat sie an ihren Schminktisch, auf dem eine Schmuckschatulle stand. Dieser entnahm sie eine zarte Kette mit einem Anhänger daran. Mit ihr trat sie hinter Peter und legte sie ihm um den Hals. Der Anhänger kam genau auf der freien Haut oberhalb des oberen Abschlusses des Kleides zu liegen.

„Gut. Jetzt aber weiter. Wir haben keine Zeit zu verlieren – ach apropos ...", und sie förderte aus der Schmuckschatulle eine sehr kleine, silberne Armbanduhr zutage und legte sie Peter an sein linkes Handgelenk. Schon allein diese kam Peter so mädchenhaft vor, dass er es gar nicht fassen konnte.

„So", sagte Charlie wiederum geschäftig. „Jetzt nimm Platz." Damit drückte sie ihn auf den Stuhl vor ihrem Schminktisch. „Und wenn du dich hinsetzt, achte bitte darauf, dass dein Rock *glatt* unter deinem Po zu liegen kommt, okay?"

Peter stand noch einmal auf, strich mit den Händen den Stoff unter Po und Oberschenkeln glatt und setzte sich wieder.

Charlie lächelte. „Das sieht schon fast wie bei einer Dame aus."

Was nun geschah, raubte Peter den Atem – sofern er noch solchen hatte – und, nebenbei, sämtliches jungenhafte Selbstbewusstsein. Zuerst frisierte sie ihn. Sie versprühte verschwenderisch Haarspray, schnitt an der einen oder anderen Stelle ein paar Haarsträhnen weg und steckte ihm ganz am Schluss sogar eine Spange ins Haar. Dabei brummelte sie etwas von Ohrringen und fehlenden Ohrlöchern und von Klips, die sie aber nicht habe.

Und dann kam sie mit Farbe. Sie schminkte Peter, als sei er ein Schauspieler in einer Theatergarderobe. Er konnte die Schichten nicht zählen bzw. hatte schnell den Überblick über die Farbtiegel verloren, die sie verwendete. Und als sie zu Lidschatten und schließlich sogar Lippenstift kam, war sein Widerstand so vollständig gebrochen, dass er alles widerspruchslos über sich ergehen ließ. Er sah lieber nicht in den Spiegel, vor dem er saß, und wartete ergeben ab.

Als er aber schließlich die Augen doch wieder öffnete, erkannte er sich selbst nicht wieder. Charlie hatte die vielen Cremes und Farben keineswegs zu dick aufgetragen. Auf den ersten Blick waren sie nicht einmal zu sehen. Aber dennoch war sein Gesicht vollkommen verändert. Die Haare waren zurückgekämmt, als würden sie hinten weit herunterhängen. Die Augen schienen größer – irgendwie schienen auch die Augenbrauen verändert –, die Wangenknochen waren betont, der Mund sah durch den nicht zu roten Lippenstift ganz anders aus als er ihn kannte, viel – weiblicher.

„Wie gefällst du dir?" Das war Charlies erste Frage an Peter. Bisher hatte sie ihn immer nur als Objekt behandelt.

Aber Peter blieb stumm. Er wusste nicht, was er sagen sollte. Er musste erst einmal dahinter kommen, was Charlie eigentlich getan hatte, dass er plötzlich so vollkommen anders aussah.

„Warte noch!" Charlie ging wieder an den Schrank und kam mit dem zugehörigen Jäckchen wieder. „Zieh das mal an."

Das Jäckchen war so geschnitten, dass der Busen noch mehr betont wurde. Peter blieb noch immer sprachlos.

„Okay, da du nichts dagegen haben wirst, wenn wir dich noch ein wenig perfektionieren, versuch mal diese Schuhe!" Damit reichte Charlie ihm schwarze Schuhe, die einen leichten Absatz hatten. „Meine Ballerinas ziehe ich selbst an, tut mir leid. Da bleiben für dich nur die Pumps."

Peter stand so sehr neben sich, dass er widerspruchslos in die Schuhe schlüpfte. Die Seidenstrümpfe gaben dem einen besonderen Kick. Seine Fersen wurden durch die Absätze leicht nach oben gedrückt. Auch dass die Schuhe nicht geschnürt werden mussten und auf dem Spann frei blieben, wo die Seidenstrümpfe seiner Haut einen ungewohnten Glanz gaben, fühlte sich vollkommen fremd an, hatte vor allem etwas entschieden damenhaft-Elegantes. Er konnte noch immer nichts sagen, versuchte sich nur darüber klar zu werden, was eigentlich in ihm vorging. Da war Scham – unwohl allerdings fühlte er sich nicht. So lange ihn niemand als Junge erkannte. Und so lange Julie und Charlie – das war wohl der entscheidende Punkt – so sehr ihre Freude an seiner Kostümierung hatten.

„Sag nichts", übernahm Charlie wieder das Sprechen, „selbstverständlich wirst du ein wenig üben müssen, darin zu gehen. Aber sei froh, dass ich dir nicht die Schuhe mit den höheren Absätzen gegeben habe!" Damit nahm sie ein Paar Schuhe in die Hand, deren Absätze sicherlich doppelt so hoch waren wie die, die Peter gerade trug.

„Okay," sagte er nur, „danke."

„Wie wär's jetzt mit den Fingernägeln?"

Peter sah Charlie verständnislos an.

„Und mit den Fußnägeln?"

„Fuß- … ???"

Charlie lachte. „Kleiner Scherz. Vielleicht machen wir das morgen – dir die Fuß- und Fingernägel rot zu lackieren, meine ich. Das gehört nämlich eigentlich ganz selbstverständlich dazu, wenn man ein Abendkleid trägt. Oder hast Du schon einmal eine Frau oder ein Mädchen gesehen, die solche Fingernägel hat wie nur Jungs sie haben?" Charlie ergriff Peters Hände und sah mit fachmännischer Miene auf ihr Werk.

„Für heute geht das noch", lenkte Charlie mit einem Blick auf die Uhr ein. „Schließlich muss ich mich ja auch noch stylen. Du bist jetzt jedenfalls erstmal fertig. Wenn du allerdings ein Parfum willst, musst du Julie fragen. Von mir bekommst du keins!"

Das Konzert

Charlie hatte ihn aus ihrem Zimmer geschickt. Doch wo sollte er hin? Spontan wollte er sich in diesem Aufzug von niemandem sehen lassen. Am liebsten hätte er sich in eine Ecke verzogen und der Dinge geharrt, die da kommen sollten. Und dass er aus diesem seltsamen Traum wieder aufwachte. Glücklicherweise hatte er wenigstens das Jäckchen noch an, so dass er sich nicht mehr ganz so nackt fühlte.

Aber zugleich war da auch so ein Gefühl ... Noch niemals zuvor hatte er sich mit solcher Sorgfalt für jedes Detail gekleidet. Und wenn er ganz ehrlich war, fühlte sich diese Kleidung auf geheimnisvolle Weise wunderschön an. Noch mehr, sie weckte in ihm Gefühle, Empfindungen – irgendetwas trieb ihn dazu, die Hand in seinen Schritt zu legen, und er spürte einen sanften Schlag, der durch seinen ganzen Körper fuhr. Er wiederholte die Bewegung und wieder durchzuckte es ihn. Er griff ein wenig fester zu, knetete sanft und spürte einen Stromstoß nach dem anderen durch seinen Unterleib fahren. Im letzten Augenblick konnte er es verhindern, dass sich seinem Mund ein Laut entrang, der dem glich, den er von Charlie gehört hatte, als Leo ihre Brust gestreichelt hatte.

Da hörte er Schritte auf der Treppe. Wenige Augenblicke später kam Maria durch den Flur auf ihn zu.

„Na, wen haben wir denn da?" fragte sie betont freundlich, „wenn das nicht unsere Petra ist! Lass dich mal ansehen." Damit nahm sie Peter mit in das elterliche Schlafzimmer und stellte ihn ins Licht. „Das habt ihr wirklich gut gemacht! Ganz erstaunlich! Was für ein schönes Mädchen du bist! Sieh mal!" Damit drehte sie Peter zum Spiegel um, der hier eine ganze Schranktür von der Decke bis zum Boden einnahm. Zum ersten Mal sah Peter sich ganz, von seiner Frisur bis zu den Schuhen mit den Absätzen.

Aber was hieß schon ,sich' – er stand vor einem Mädchen! Einem Mädchen in einem eleganten Kleid, das fast aussah wie das Abendkleid einer richtigen Frau. Und wenn er es nicht heimlich schon gewesen wäre, dann wäre er spätestens jetzt begeistert gewesen. Er betrachtete das schlanke, schöne Mädchen im festlichen Kleid, die langen schlanken Beine, die unter dem knielangen Rock hervorkamen, in den Schuhen mit den ungewohnten Absätzen, und er erkannte ganz plötzlich, dass diese Beine in den Absatzschuhen und den Seidenstrümpfen verführerisch wirkten. Selbst der kleine Anhänger, den dieses Mädchen an einer sehr zarten Kette um den Hals trug, faszinierte ihn, wie sie ihn, wenn er Hosen getragen hätte, zweifellos an einem schönen Mädchen fasziniert hätte. Die Kette machte den Ausschnitt zart und mädchenhaft. Als er näher an den Spiegel trat, erkannte er erst, dass es sich um ein kleines Herz handelte. Wieder einer von Charlies Streichen? Oder hatte das etwas zu sagen?

Maria sah Peter aufmerksam zu. Als sie seine Reaktion sah, lächelte sie und nahm ihn in ihren Arm. Gemeinsam standen sie vor dem Spiegel. „Gefällst du dir?"

Peter hatte einen Kloß im Hals. Er wusste nicht, was er sagen sollte.

„Weißt du, du darfst es ruhig zugeben, wenn es dir gefällt. Was ist denn schon dabei? Mir jedenfalls gefällst du so *sehr*! Du siehst aus wie ein richtiges Mädchen, und noch dazu ein sehr schönes Mädchen. Oder wie eine junge Frau. Warte mal!"

Sie ging zu einer Kommode und holte aus einem Kästchen in einer Schublade eine kurze, zarte Kette, an der in regelmäßigen Abständen kleine Anhänger hingen. Diese legte sie ihm um sein rechtes Handgelenk. Währenddessen redete sie weiter:

„Charlie ist ja auch kein ‚Mädchen' mehr. Ihr seid sozusagen kurz davor, richtige Frauen zu werden. Ihr seid keine Kinder mehr. Jetzt ist es so weit, dass Jungen sich in euch verlieben werden, sie werden es aber noch nicht zeigen können, dazu sind sie noch zu unbeholfen. Aber das kommt schon noch. Und ihr als junge Frauen müsst noch ein bisschen auf die Jungen warten, die langsamer erwachsen werden als die jungen Frauen. So ist das eben im Leben."

Sie strich ihm versonnen durchs Haar. Dann wurde ihr Blick wieder bestimmter. „Wenn du länger bei uns bleiben würdest, würde ich dich, glaube ich, zu überreden versuchen, dir die Haare noch länger wachsen zu lassen. Ich meine, *richtig* lang, so dass wir dir einen Zopf flechten könnten und auch andere Frisuren machen." Wieder fuhr sie ihm durchs Haar. „Da gibt es so viele Möglichkeiten! Du könntest eine romantische Frisur haben, eine verführerische Hochsteckfrisur, könntest die Haare einfach lang und offen tragen, dazu große Ringe in den Ohren …"

Dann lachte sie, nahm ihre Hand aus Peters Haaren und strich sie wieder glatt. „Aber jetzt geh bitte hinunter ins Wohnzimmer. Ich muss mir auch noch etwas anziehen." Und damit schob sie Peter sanft aus der Tür des Schlafzimmers hinaus.

Bis Charlie fertig angekleidet und gestylt hinunter kam, lief Peter im Wohnzimmer auf und ab. Er wollte das Laufen in diesen Schuhen üben, und er fand, dass es ziemlich gut ging. Charlie allerdings hatte ihn gesehen und doch noch das eine oder andere auszusetzen. Sie ließ ihn wieder und wieder hin und her laufen, stets bemüht, ihn dazu zu animieren, die Füße sorgfältiger zu setzen, in einer Linie, die Knie nicht zu weit auseinander, kleine Schritte zu machen – nicht das Ankommen sei das Wichtige, sagte sie etwas altklug, „wir Frauen gehen, weil das Gehen Spaß macht, weil wir jeden Schritt genießen. Und die Männer uns dabei beobachten." Charlie lachte.

Und dann kam Julie. Sie hatte ihr Kleid an und hatte sich ebenfalls dezent geschminkt. Peter war sprachlos. Mit einem Schlag war er so verliebt, dass er beinahe sogar seinen eigenen Aufzug vergessen hätte. Julie sah aus wie ein Engel, wie das schönste Mädchen, das er jemals gesehen hatte, und sie sah ihn so glücklich an, dass der siebte Himmel eine schmutzige Bretterbude war gegen das, wo Peter sich gerade befand. Für einen Augenblick rauschte es in seinen Ohren und er dachte schon, er würde in Ohnmacht fallen.

„Hallo Petra!" Julies Stimme war überraschend leise. Sie blieb vor ihm stehen. „Wie schön du bist!"

„Hallo Julie", flüsterte Peter, bemüht, wieder zu sich zu kommen, „gefällt es dir?"

„Es gefällt mir *sehr*! Hat Charlie dir geholfen?"

„Sie hat *alles* gemacht. Es ist ihr Kleid, sie hat mich frisiert, geschminkt und mir diese Schuhe gegeben." Peter sah auf seine Füße hinab und auf die Schuhe; um sie sehen zu können, musste er den Rock etwas an seine Oberschenkel pressen. Als der Blick frei auf die Schuhe fallen konnte, musste er sich eingestehen, dass er in diesem Augenblick gern die Schuhe mit den höheren Absätzen getragen hätte.

„Wunderschön!"

„Aber dein Kleid ..."

„Gefällt es dir?"

„Es hat mir schon gefallen, als du es mir gezeigt hast. Aber jetzt ..."

Er wusste nicht weiter.

Julie lächelte ihn an, wartete vergebens auf die Fortsetzung des Satzes und wandte sich dann Charlie zu, die belustigt, aber schweigend die Szene verfolgt hatte. „Das hast du wunderbar gemacht", sagte sie.

„Oh, kein Problem", warf Charlie ein, „Petra ist ja wirklich ein schönes Mädchen, da braucht man kaum etwas zu machen." Sie drehte sich zu Peter um. „Außer ..."

Peter wurde bleich, spürte augenblicklich die Strapse an seinen nackten Oberschenkeln und befürchtete, dass Charlie sich etwas einfallen lassen könnte, das ihn doch noch bloßstellte. Doch Charlie setzte den Satz nicht fort. Stattdessen wandte sie sich wieder an Julie. „Ich war mir unschlüssig, ob *diese* Schuhe besser sind oder die, die ich zur Konfirmation getragen habe, die mit den höheren Absätzen."

Julie sah Peter forschend ins Gesicht.

„Hol sie doch mal, wir können es ja ausprobieren", sagte sie, als sie keine Reaktion in seinem Gesicht erkennen konnte.

Wenige Augenblicke später war Charlie mit den anderen Schuhen zurück. Sie waren ebenfalls aus schwarzem Leder, hatten aber deutlich höhere Absätze, die zudem sehr spitz zuliefen.

„Probier' sie mal an", bat Julie Peter.

Charlie kniete sich vor ihn hin wie eine Schuhverkäuferin. Peter setzte sich auf einen Sessel, wobei er vorher seinen Rock sorgfältig glatt strich, und ließ sich die Schuhe anziehen. Dann stand er auf – nocheinmal ein anderes Gefühl. Spontan hatte er leichte Probleme, das Gleichgewicht zu halten.

Julie sah an ihm hinab. „Wunderschön", sagte sie und strahlte, „einfach toll!" Dann sah sie ihm wieder ins Gesicht. „Was meinst denn du?"

Peter wollte auf jeden Fall alles tun, um Julie zu gefallen. Also sagte er: „Sie gefallen mir", auch wenn er schon jetzt spürte, dass er so quasi auf den Zehenspitzen würde laufen müssen.

„Besser als die anderen?"

„Ja, besser."

„Glaubst du, dass du darin wirst laufen können."

„Ich glaube schon."

Jetzt schaltete sich auch Maria ein, die irgendwann zu ihnen hinzugetreten war. „Wir können die anderen Schuhe ja in einer Tasche mitnehmen und sie an der Garderobe deponieren. Dann kann er sie wechseln, wenn er in diesen nicht mehr laufen kann."

„Ich finde, wir sollten ,sie' sagen." Das war Charlie.

„Was meinst du?"

„Na, ich finde es seltsam, wenn wir zu Petra ,er' sagen. Oder? Er trägt Seidenstrümpfe, einen BH, Pumps und Schmuck, hat einen Busen, ist geschminkt und es fehlen wirklich nur die Ohrringe und die rotlackierten Nägel. Aber wir sagen trotzdem ,er'. Das finde ich nicht richtig."

Maria und Julie wandten sich wie auf ein Zeichen Peter zu. „Was sagst denn du dazu?"

Peter zögerte.

„Also wirklich", schaltete Charlie sich noch einmal ein, „soll ich euch zeigen, was sie *drunter* trägt?" Sie wollte nach dem Rock greifen, doch Peter wich schnell einen Schritt zurück.

Julies Augen weiteten sich. Sie begann zu lächeln,

erst verhalten, dann deutlicher. Es war buchstäblich zu sehen, wie ihre Fantasie arbeitete.

„Aber dann müssen wir ihm … pardon: ihr morgen die Fingernägel lackieren."

„Einverstanden", stimmte Charlie zu, als ob Peter bei diesem Handel nicht anwesend gewesen wäre. „Und die Fußnägel."

„Dann kann sie auch deine Sandaletten tragen. Und ich will morgen sehen, was sie drunter trägt!"

Peter wurde wieder einmal rot, Charlie grinste und Maria zog sich zurück, nachdem sie bemerkt hatte, dass in einer Viertelstunde alle ausgehfertig sein müssten.

Als sich nach zehn Minuten alle in der Diele versammelten, um gemeinsam aufzubrechen, reichte Charlie Peter einen Mantel. Er war aus rotem Kunstleder und hatte einen Gürtel, den sie ordentlich um die Taille zog, nachdem Peter ihn angezogen hatte. „Frauen haben schlanke Taillen", sagte sie dazu, „und wenn man dich ordentlich schnürt, hast du die auch." Damit zog sie sich ihren eigenen Mantel an und verließ das Haus. Marie war bereits mit Maria hinausgegangen, Julie zog sich gerade ihren Mantel an.

„Petra", sagte sie plötzlich leise.

Peter wandte sich um.

„Du gefällst mir wirklich *sehr*! Ich hoffe, dass du noch lange so bleiben wirst."

Peter errötete wieder. Doch dann fasste er sich ein Herz und sagte nun seinerseits: „Julie, ich liebe dich."

Sie sah ihn an und lächelte. Dann hauchte sie ihm schnell einen Kuss auf die Wange und war schon zur Tür hinaus wie eine Fee, die vom Wind dahingetragen wird.

Jede Bewegung war aufregend. Peter spürte die fremdartigen Stoffe auf seiner Haut, den ungewohnten Schnitt der engen Kleidungsstücke, den Schmuck an seinen Handgelenken und sogar an seinem Hals, die eigenartigen Schuhe an seinen Füßen, in denen er ganz anders lief und sogar saß als in seinen Turnschuhen. Er spürte, wie eine ständige Erregung von ihnen ausging, vor allem wenn er merkte, wie der Rock an den Seidenstrümpfen rieb und wenn er sich das Bild vorstellte, das er abgab, wenn man *unter* den Rock geschaut hätte. Und überhaupt: ein Rock! ein Kleid! Und er war geschminkt – Rouge, Lidschatten, Lippenstift, Mascara … immer war da auch ein wenig Scham, aber wenn er dann wieder bemerkte, wie Julie ihn ansah und wie sie ihn berührte, während sie im Auto dicht nebeneinander saßen, fühlte er sich weich wie ein lauer Sommerwind. Er fühlte sich dahingehaucht und zugleich voller Erregung. Und neben ihm saß seine große Liebe, und sie liebte ihn ebenfalls, und das so, wie er jetzt war! Sie fand das nicht lächerlich, sondern im Gegenteil: *so* schien er ihr noch besser zu gefallen als als Junge!

Er konnte keinen klaren Gedanken fassen. Alles verschwomm zu einem großen Nebel, in dem er herumtrieb. Er hatte vollkommen die Orientierung und Kontrolle verloren, und je mehr das der Fall war, desto schöner schien alles zu werden.

Dann waren sie am Konzerthaus und stiegen aus. Plötzlich hatte Peter Angst. Die ganze Zeit hatte er die Vorstellung verdrängt, dass er den geschützten Bereich verlassen und *so* im Konzerthaus herumlaufen müsste. Dass er für andere Menschen sichtbar sein würde, er, Peter, gekleidet wie ein Mädchen, frisiert wie ein Mädchen, geschminkt wie ein Mädchen!

Instinktiv schlossen sich die Mädchen um ihn, nahmen ihn in die Mitte. Und plötzlich stand Paul da, stürmisch begrüßt von seinen Töchtern, seine Frau an seinem Arm. Dann sah er Peter. Seine Augen weiteten sich. Für einen kurzen Augenblick fürchtete Peter, Ärger in seinem Blick zu lesen. Er schlug die Augen nieder.

„Das ist Petra", hörte er Maria mit sanfter Stimme sagen. Und dann leiser: „In dem Paket mit seiner Kleidung war nichts Passendes für heute Abend. Die Mädchen wollten aber so gern, dass er mitgeht. Also mussten wir uns etwas einfallen lassen." Peter wurde wieder einmal rot.

Als er schließlich wieder aufsah, blickte er in Pauls freundliche Augen und hörte ihn sagen: „Dann haben wir also nun noch ein Mädchen. Wie schön! Aber verdreh' den Jungs hier nicht den Kopf, schönes Fräulein, hörst du?" Und Paul lachte. Die Hand, mit der er Peter eigentlich auf die Schulter hatte klopfen wollen, blieb in der Luft hängen. Stattdessen schob sich Paul die Brille hoch.

Peter war so verwirrt, dass er wieder den Blick niederschlug. Und da nahm Charlie ihn auch schon an der Hand und ging mit ihm vor den anderen her durch den Eingang zum Konzerthaus. Peter konnte ihr in den hohen Schuhen kaum folgen und Charlie flüsterte ihm zu, was er tun, wie er gehen sollte. Aber langsamer ging sie deswegen nicht. „Mach kleinere Schritte", raunte sie ihm zu, „du musst eben *schnellere* Schritte machen, so wie ich es ja auch tue! Man kann nicht immer so trödeln …"

Charlie steuerte auf die Garderobe zu. Sie zog ihren Mantel aus und legte ihn auf den Tisch vor eine der Garderobefrauen. Peter tat es ihr nach, doch bevor er seinen Mantel ebenfalls auf den Tisch legen konnte, war Paul da und nahm ihn ihm ab. Als er den Mantel nun in

Pauls Händen und dann auf dem Tisch liegen sah, konnte er es wiederum kaum fassen: diesen Mantel, einen glänzenden, roten Kunstledermantel, hatte er bis gerade angehabt?! In aller Öffentlichkeit! Zugleich mit dieser Verwunderung aber wuchs auch eine heimliche Liebe zu ihm. Es war ein *toller* Mantel! Und so *weiblich*! Einfach … sexy!

Und schon raunte Charlie ihm wieder zu: „Jetzt gehen wir erst einmal auf die Toilette, um uns ,die Nase zu pudern', wie wir Frauen sagen." Und steuerte auf die Damentoilette zu.

„Aber …", wollte Peter einwenden.

„Was?", unterbrach ihn Charlie sofort, „willst Du etwa *so* auf die Herrentoilette?!"

Peter sackte immer tiefer in seine Verwirrung hinein und ließ es einfach geschehen.

„Hab keine Angst, Petra, niemand wird etwas merken! Und außerdem ist da jede so mit sich selbst beschäftigt, dass überhaupt nichts passieren kann."

Und so folgte Peter ihr mit gesenkten Augen.

Im Waschraum der Toilette steuerte Charlie gleich einen Spiegel an. Die Absätze von Peters Schuhen klackerten über den harten Steinboden, so wie es nur Frauenschuhe taten. Ihm kam das Wort ,Stöckeln' in den Sinn.

„Hast du denn keine Handtasche dabei?", fragte Charlie verwundert, als sie vor der Spiegelwand angekommen waren.

Erst jetzt sah Peter, dass Charlie eine kleine Tasche über der Schulter trug, die sie nun herabnahm.

„Na, macht nichts. Ich helfe dir. Aber demnächst musst du deine eigene Tasche mitnehmen, okay? Denk daran!"

„Okay", flüsterte Peter. Er nahm ein Stückchen Watte

von Charlie entgegen und tupfte sich damit das Kinn und die Stirn ab. Charlie hatte ihm signalisiert, dass er ihr alles genau nachmachen sollte. Dann zupfte Charlie an ihrem Kleid herum und Peter wandte sich seinem Spiegelbild zu. Er zog ein wenig das Kleid nach unten, straffte das Jäckchen, drehte sich nach links und rechts – und spürte plötzlich wieder die Strümpfe an den Strapsen unter dem Rock. Möglicherweise waren sie ein wenig nach unten gerutscht ...

„Und musst du vor dem Konzert noch auf's Klo?"

„Ich glaube nicht ... oder vielleicht doch ...", antwortete Peter.

„Dann also los! Ich warte hier."

Peter schloss sich in einer Kabine ein. Er hob den Rock und sah auf seinen Unterleib. Aus der Miederhose ragten die Strapse hervor und daran hingen die kaum sichtbaren Strümpfe. Sie waren tatsächlich etwas heruntergerutscht. Peter zog sie wieder hoch und befestigte sie neu an den Strapsbändern. So fühlte es sich besser an. Dann richtete er noch einmal alles in seinem Höschen und zog die Miederhose wieder ordentlich hoch, so dass alles fest und sicher saß. Zum Abschluss fuhr er mit der flachen Hand über seinen Schritt und die Beule, die wieder ein wenig gewachsen war, und schloss für einen Augenblick die Augen. Er spürte einen Stich in seinen Lenden und ihn überkam ein Gefühl, das er noch nie zuvor gehabt hatte. Instinktiv wusste er, dass er die Stelle nicht noch einmal berühren durfte, wenn kein Malheur geschehen sollte. Stattdessen strich er sich über die Oberschenkel, über die nackte Haut oberhalb der Strümpfe und ließ dann den Rock darüber fallen. Unglaublich, dass er dort praktisch nackt war, und das mitten in der Öffentlichkeit.

Unglaublich überhaupt, wie er herumlief!

Und was eine Frau alles unter ihrem Rock hatte! Wenn die Männer das wüssten …

Als er aus der Kabine heraustrat und sich direkt seinem Spiegelbild gegenüber sah, blieb er nochmals für einen Augenblick stehen. Dass das er war … dass dieses Mädchen …

„Komm jetzt," drängte Charlie, „es ist schon spät!" Und sie strebte bereits der Tür entgegen. Peter folgte ihr und bemühte sich bewusst, sich wie ein echtes Mädchen zu bewegen. Plötzlich wusste er, dass er diese Rolle mochte, und dass er sie *gut* spielen wollte – wenigstens heute Abend, wenigstens solange Julie dabei war.

Draußen warteten die anderen auf sie. Paul hatte die Karten in der Hand und führte sie über mehrere Treppen und Gänge bis in den Zuschauerraum. Sie bildeten einen kleinen Pulk von festlich gekleideten Konzertbesucherinnen in Begleitung eines Mannes, und Peter genoss es, in diesem Pulk einfach aufzugehen. Er gehörte dazu, war ein Teil davon, fiel zwischen den Mädchen offenbar in keiner Weise auf. Nun musste er nicht mehr cool und überlegen wirken, er konnte ganz einfach mit dem fröhlichen Strom mitschwimmen. Das hatte er *als Junge* so noch nie erlebt.

Da es schon recht spät war, war der Zuschauerraum bereits gut gefüllt. Die Menschen in der Reihe, in der Paul, Maria und die Mädchen ihre Plätze hatten, erhoben sich höflich und ließen das nette Ehepaar mit den vier hübschen Mädchen lächelnd vorbei.

Peter ließ sich in seinen Sessel fallen.

„Bist du verrückt?", raunte Charlie, die rechts neben ihm saß, ihm zu, „du ruinierst mein Kleid! Steh sofort auf und streich den Rock glatt. Aber zackig!"

Peter erschrak. Für einen Augenblick war er erleichtert gewesen und hatte seine Rolle ganz vergessen. Nun stand er schnell auf, glättete sorgfältig den Rock am Hintern und den Oberschenkeln und setzte sich vorsichtig wieder. Dabei vermied er es, irgendjemanden anzusehen.

Er saß zwischen Charlie und Julie. Zusammen mit dieser studierte er das Programm. Zwar hatte er keines der Stücke, die gespielt werden sollten, selbst schon einmal mit dem Jugendorchester aufgeführt, doch sagten die Komponistennamen ihm etwas. Julie fragte ihn das eine oder andere, er kramte aus seinem Gedächtnis hervor, was er wusste. Das war nicht viel, aber ein bisschen konnte er sich doch für die Krick- und die Knäk- und die Löffelenten revanchieren.

Plötzlich hatte er den Drang, seine Beine übereinander zu schlagen. Er hatte sein rechtes Bein schon angehoben, als er merkte, dass die hohen Absätze ein Übereinanderschlagen der Beine schwieriger machten, zumal bei dem beengten Platz in den Konzertsaal-Reihen.

Sofort war das Bewusstsein für die eigenartige Situation wieder da. Er trug Schuhe mit hohen Absätzen! Mit *sehr* hohen Absätzen. Seine Füße schmerzten schon ein bisschen angesichts der ungewöhnlichen Haltung, und Charlie hatte ihn immer wieder korrigiert, wenn er beispielsweise zu große Schritte gemacht hatte oder die Füße zu weit auseinander gestellt hatte – „wie ein Bauer", hatte sie ihm einmal erbost zugeflüstert, „ganz wie ein gottverdammter Bauer!"

Jetzt stellte er seine Beine wieder züchtig nebeneinander und fühlte ein wohliges Kribbeln in seinem Schritt. Doch nun *wollte* er das so. Er *wollte* sich bewegen wie ein Mädchen, das sich zu benehmen wusste wie Julie. Sie war für ihn der Inbegriff von Schönheit, er wollte unbedingt alles so machen wie sie. Schließlich schien ihr das zu gefallen und wenn er sich an ihr orientierte, konnte er nichts falsch machen.

Und so sah er sie an, wie sie da saß. Bei ihr war alles viel natürlicher. Sie brauchte sich nicht anzustrengen, sie saß einfach da. Dabei hatte auch sie die Beine unter ihrem wunderschönen Rock nicht übereinander geschlagen, sondern nebeneinander stehen, und nun legte sie ihre Hände, an deren Handgelenken sie ebenfalls zarte Ketten trug, mit dem Programmheft in den Schoß, um auf die Bühne zu schauen, wo damit begonnen worden war, die Instrumente und Melodien vorzustellen, die die verschiedenen Tiere verkörpern sollten.

Peter tat es ihr nach – und ihn berührte besonders, als er auf seine Hände sah und die manikürten Fingernägel, die zarte Mädchenuhr und das Armband daran erblickte, das Maria ihm umgehängt hatte. Noch einmal musste er sich überrascht fragen, ob diese Hände in diesem Schoß wirklich seine waren, ob das wirklich er selbst war, den er da sah.

Dann wurde es dunkel, der Dirigent kam auf die Bühne und das Konzert begann. Peter konnte sich nicht wirklich darauf konzentrieren. Die Dunkelheit im Saal animierte ihn dazu, umso mehr zu fühlen. Während zuerst die Erklärungen, dann die Musik dahinflossen, schloss er die Augen und fühlte all die ungewohnten, weichen Stoffe, die durch den besonderen Schnitt der Kleidungsstücke zum Teil sehr eng anlagen, zum Teil irritierend viel Luft ließen. Immerhin war der ‚Ausschnitt' bei einem Jungen niemals zu sehen und auch seine Unterschenkel waren unter den dünnen Seidenstrümpfen praktisch nackt. Er spürte den Schmuck an den Handgelenken und an seinem Hals und er roch die Schminke und ein sinnliches Parfum, das entweder von Charlie oder von Julie stammen musste.

Und plötzlich spürte er Julies Hand, die nach der seinen griff und sie in die ihre nahm. Peter konnte sein Glück kaum fassen. Und durch die Kleidung und die Erfahrungen der vergangenen Tage war er dafür viel empfänglicher, als er es in seiner gewohnten Jungenrolle gewesen wäre. Beinahe hätten Tränen sein Make-up ruiniert.

In der Pause gingen sie in den weiten Hallen des Konzerthauses umher. Paul führte seine ,fünf Damen', wie er sie nannte, ins Foyer, wo er galant Getränke für sie besorgte. Sie stießen miteinander an und spazierten dann sehr langsam weiter. Paul und Maria unterhielten sich über die Musik, während Charlie, Julie und Marie die Menschen um sie her beobachteten. Peter dagegen war ganz mit sich selbst – und mit der wunderschönen Julie – beschäftigt. Jetzt, wo er nicht mehr darauf achten musste, Charlie zu folgen und entsprechend *schnell* zu sein in den Schuhen mit den hohen Absätzen, konnte er jeden einzelnen Schritt bewusst machen und ihn genießen. Er versuchte, genau so zu gehen wie Julie, so selbstverständlich, so natürlich. Auch Charlies Bewegungen faszinierten ihn und ganz besonders an Maria beobachtete er, dass sich Frauen wirklich ganz anders bewegten als Männer. Maria ging an der Seite von Paul, dicht neben ihm, und irgendwie wiegte sie sich in den Hüften, wie es offenbar nur eine Frau kann. Das bekam nicht einmal Charlie hin, die dafür vielleicht zu dünn war. Er versuchte, die wiegende Bewegung Marias nachzuahmen, aber er merkte, wie in seiner Hüfte etwas fest saß. Selbst die Mutter Julies, die in Peters Augen schon ,alt' war, war beweglicher als er, der als Junge schließlich immer ,hart' sein musste. Ein Junge musste vorspielen, was er als Mann einmal zu sein hoffte: Stärke, muskelbepackte Härte. Und er musste auf jeden Fall den Eindruck vermeiden, einem Mädchen zu ähnlich zu sein. Mädchen waren schwach und zickig und sie bewegten sich entsprechend uncool ... aber noch nie hatte er ein Mädchen so bewundert und geliebt wie Julie. Und auch Charlie bewunderte er. Die beiden waren so schön!

Selbstvergessen war Peter ein wenig hinter den anderen zurückgeblieben, um sich selbst und nicht zuletzt Julie und Charlie besser beobachten zu können. Er achtete auf seine Schritte, setzte die Füße so wie Charlie. Er war sich nicht sicher, aber auf seltsame Weise hatte er den Eindruck, dass sie ihn dazu aufforderte, sie nachzuahmen. Erst später bemerkte er, dass es viele Spiegel in den Hallen und Gängen gab, in denen Charlie ihn fast ununterbrochen beobachten konnte.

Sie setzte die Füße so voreinander, dass sie praktisch auf einer Linie ging. Dabei hatte sie sie ganz leicht und elegant nach außen gedreht, so dass ihre Fußspitzen jeweils von dieser Linie weg zeigten. Peter tat es ihr nach und bemerkte, wie ungewohnt diese Fußhaltung war, dass sie ihm nach ein bisschen Gewöhnung aber auch mehr Halt gab. Jetzt, da sie so langsam gingen, schien ihm jeder von Charlies Schritten fast mehr ein Stehen als ein Gehen zu sein. Der Absatz berührte zuerst den Boden, sie ließ ihr Körpergewicht darauf nieder. Dabei waren ihre Beine praktisch gestreckt, wenn sie den Boden berührten, so dass der Absatz dort, wo kein Teppichboden war, einen deutlichen Ton erzeugte. All das führte dazu, dass Charlie sehr aufrecht ging. Peter merkte, wie sich sein ganzer Körper streckte, als er es ihr nachtat. Er wurde größer, ging aufrechter – und sofort lag das Gewicht tatsächlich mehr auf den Absätzen, wurde allerdings auch wieder instabiler, da die Absätze so dünn waren.

Absätze! Er trug Schuhe mit hohen Absätzen ganz wie eine Frau! Für einen Augenblick konnte er es wieder nicht fassen, und als er in einem der Spiegel sein eigenes Bild in dem eleganten, dunkelblau schimmernden Konfirmationskleid mit dem leicht ausgestellten Rock und dem zarten Jäckchen sah, konnte er sich an diesem Bild kaum sattsehen. Zudem trug er Schmuck – und er war geschminkt! Was er da im Spiegel sah, gefiel ihm so sehr, dass er es kaum fassen konnte. Er hätte diesem Mädchen sicher nachgeschaut, wenn es an ihm vorübergegangen wäre, sehnsüchtig, denn er hätte nie geglaubt, dass es ihn auch nur eines Blicks gewürdigt hätte.

Gerade gingen sie wieder über ein Stück Parkettboden und Charlie schien ihre Fersen mit den harten Absätzen ganz bewusst laut aufzusetzen. Mit einem gewissen Übermut machte er es ihr nach und hörte die charakteristischen Töne, die nur der Absatz eines Frauenschuhs hinterlassen kann – einen Ton, auf den ein Mann hört, von dem ein Mann gern erfahren möchte, wie der Schuh, und mehr noch: wie die Trägerin des Schuhs aussieht, die ihn erzeugt. Peter musste lächeln. Er streckte sich, ging kerzengerade.

Und sofort bemerkte er einen Fehler, den er machte. Indem er sich streckte, verkrampfte er sich auch. Er wurde wieder fest in den Hüften und ging wahrscheinlich wie eine Bohnenstange auf Skiern. Nein, er wollte sich doch *wiegen*, wie er es an Maria gesehen hatte: in den Hüften *schwingen*, nicht steif sein wie ein Stock. Also versuchte er, vorsichtig bei jedem Schritt seinen Po erst in die eine, dann in die andere Richtung zu schwingen. Er machte sich bewusst locker in der Hüfte und bemerkte, wie ein ganzer Muskelstrang oberhalb seines Beckens losließ und die Bewegung in der Hüfte erst ermöglichte. Da war ein *Gelenk*, stellte er überrascht fest, es ging tatsächlich: man konnte die Hüfte drehen, das Becken war nicht nur ein Knochen, sondern auch eine Art Scharnier, das sich bewegen ließ! Mit einem Mal fühlte er sich den wunderbaren Bewegungen Marias sehr nahe, konnte den Blick nicht von ihr lassen, um es *genau so* zu machen wie sie. Es war ein wundervoller Schwung in dieser Bewegung!

Und dann sah er, wie auch Charlie sich streckte. Sie nahm ganz leicht ihre Schultern zurück. Dabei wurde ihr Busen sichtbar oder richtiger: Jetzt endlich bemerkte man, dass sie schon einen hatte. Nun wurde deutlich, dass sie *Kurven* hatte, einen Busen und einen Po. Selbstverständlich war es ein wenig seltsam, das nachzuahmen. Schließlich hatte Peter keinen Busen. Das, was da in seinem BH steckte, war ein Tuch, das Charlie zu zwei kleinen Bällen gedreht hatte. Peter schreckte davor zurück, ausgerechnet diese Bälle vor sich her zu schieben – andererseits wusste ja niemand davon. Und das war nicht das einzige Geheimnis, das er mit sich herumtrug, während er in klackernden Pumps über das Parkett des Konzerthauses stöckelte.

Jetzt fiel ihm auch ein, woran er die ganze Zeit gedacht hatte, während er Maria beobachtete. Im Grunde ging sie mit einer Geschmeidigkeit, die er von Katzen kannte. Ihr ganzer Körper bewegte sich rund und zugleich kontrolliert. Dazu gehörte auch, dass sich die Schultern leicht bewegten, und als er genauer hinsah, bemerkte er, dass die Schultern sich ähnlich bewegten wie die Beine – nur umgekehrt. Wenn das rechte Bein nach vorn ging, ging die rechte Schulter leicht zurück. Diese Bewegung war nur ganz leicht, aber Peter ahnte, dass sie der Grund für die Geschmeidigkeit war, die von Marias Bewegungen ausging. Sie bewegte sich mit ihrem ganzen Körper, ohne dass man jede einzelne dieser Bewegungen wahrnahm, eben wie eine Katze es tat.

Peter war so in seine Beobachtungen und die Versuche, sie selbst nachzuahmen, vertieft, dass er nicht bemerkt hatte, wie von hinten ein Junge neben ihn getreten war und seit einigen Schritten neben ihm herging. Plötzlich drang dessen etwas zu lautes „Hallo!" an sein Ohr und er schreckte auf. Er wandte seinen Kopf zur Seite und sah den Jungen, der in etwa in seinem Alter und gleich groß war wie er. Vor Schreck wäre ihm beinahe sein Glas aus der Hand gefallen.

Schüchtern antwortete er mit einem leisen „Hallo!"

Der Junge trug einen blauen Anzug und eine Fliege. Obwohl die Kleidung sicher ungewöhnlich war, machte er darin durchaus nicht den Eindruck einer verkleideten Schaufensterpuppe.

Es folgte ein Augenblick des Schweigens. Dann fragte der Junge: „Bist du ganz allein hier?"

Peter sah nach vorn und merkte, dass die anderen schon ein ganzes Stück weiter waren. „Nein", sagte er schnell, „meine ... meine Familie ist dort vorn."

Der Junge sah dorthin und wieder zurück auf Peter. Dann musterte er ihn von oben bis unten. „Du hast ein sehr schönes Kleid an."

Peter erschrak. Hatte der Junge etwas gemerkt? Wollte er ihn jetzt bloßstellen oder beleidigen?

Leise hauchte er „Danke" und wartete furchtsam auf das, was nun folgen würde.

„Ist das dein Konfirmationskleid?" Was wollte der Junge? Warum wartete er mit seinen Beleidigungen bloß so lange? Sollte er sie doch loswerden und dann verschwinden.

„Nein", antwortete er noch immer leise, „es gehört meiner ... einer Freundin von mir." Er sah nach vorn. „Sie geht dort vorne."

„Es steht dir gut! Du siehst sehr elegant darin aus."

Peter blieb vorsichtig. Er erwartete jeden Augenblick den Spott des Jungen.

„Gefällt dir die Musik?"

Peter konnte sich für einen Augenblick nicht daran erinnern, ob ihm die Musik eigentlich gefallen hatte. Er war mit anderem beschäftigt gewesen. Dann besann er sich. „Ja", sagte er kurz.

„Sie ist spannend, oder?" Nun wandte sich der Junge um und ging neben Peter her. Offenbar wollte er sich unterhalten. „Auf so eine Idee muss man erst einmal kommen, den Tieren Instrumente zuzuordnen."

„Ja", sagte Peter noch immer einsilbig, „stimmt."

„Am besten gefällt mir das Fagott. Das geht einem richtig unter die Haut, findest du nicht?"

„Ja."

„Und ich glaube, dass der Fagottist selbst großen Spaß daran hat. Hast du ihn beobachtet, während er spielt?"

„Nein."

„Er geht richtig mit. Und man hört das ja auch an seinem Spiel. Das finde ich toll."

Peter schien es fast so, als wollte der Junge sich wirklich nur unterhalten. Wenn er ihn beleidigen wollte, würde er nicht mit ihm spazierengehen. Dann hätte er schon längst losgelegt und wäre wieder verschwunden.

„Und diese schrägen Harmonien – einfach toll!"

„Schräge Harmonien?"

„Na ja, man merkt doch gleich, dass Prokofjew ein *moderner* Komponist ist. Da muss eben nicht immer alles ‚stimmen'. Da kann auch mal etwas schräg klingen, wenn es die Handlung erfordert."

„Ja, stimmt."

„Spielst du auch ein Instrument?"

„Geige."

„Geige? Wie schön! Ich spiele auch Geige. Bist du in einem Orchester?"

Peter nannte das Jugendorchester, in dem er spielte.

„Oh, das ist aber weit weg."

„Ich wohne ja auch nicht hier."

„Du bist nur zu Besuch?"

„Ja."

„Wie schade! Wenn du hier wohnen würdest, hätten wir einmal etwas zusammen spielen können."

Machte der Witze? Hätte er wirklich mit dem Jungen, der im Kleid und in Strapsen und Seidenstrümpfen hier herumstöckelt, Musik machen wollen? Oder meinte er es vielleicht doch anders?

„Ja", sagte er unsicher. Und dann fasste er sich ein Herz: „Aber du bist sicher viel besser als ich."

„Ich möchte einmal Musik studieren." Besonders sympathisch klang es nicht, wie er das sagte. Eher stolz und selbstverliebt. „Aber ich weiß noch nicht, ob als Sologeiger oder für's Orchester."

„Das ist sicher schwer."

„Ja, schon. Die Konkurrenz ist ja so riesig groß! So viele wollen Musiker werden und es gibt nur so wenig Stellen, sagt mein Vater immer. Aber er sagt auch: ,Was gut ist, setzt sich durch.'"

„Oder wer."

„Wie bitte?"

„Na: ,*wer* gut ist, setzt sich durch'."

„Ach so." Der Junge lachte. „Richtig. Aber ,was' klingt irgendwie besser." Und er lachte wieder, etwas *zu* laut, wie Peter fand.

Da ertönte das Pausenzeichen zum ersten Mal.

„Oh," sagte der Junge, „die Pause ist schon zu Ende. Es war schön, mit dir zu plaudern! Wie lange bist du denn eigentlich noch hier, bevor du wieder nach Hause fährst?"

„Nur noch ein paar Tage."

„Bist du am Wochenende noch da?"

„Wahrscheinlich nicht." Der Junge schien ihn nicht gehört zu haben.

„Weil wir da nämlich eine Party machen, eine Sommerferien-Gartenparty. Möchtest du nicht auch kommen?"

Peter wusste nicht, was er sagen sollte. Da zog der Junge einen Zettel aus seiner Tasche, schrieb etwas darauf, reichte ihn Peter und sagte: „Das ist meine Nummer. Wenn du am Wochenende noch da bist, ruf mich an oder schreib' mir eine What'sApp. Dann schicke ich dir meine Adresse und du kommst zu unserer Party. In Ordnung?"

Peter nahm den Zettel und nickte. „Danke", sagte er und wandte sich um, um zu Julie, Charlie und den anderen zu gehen.

„Ich würde mich freuen, wenn du kommst", hörte er den Jungen noch sagen. „Das wird bestimmt eine tolle Party!"

Friseurtermin

Als Peter am Abend in seinem Zimmer gestanden und das Kleid wieder hatte ausziehen müssen, war er traurig gewesen. Er konnte nicht umhin, sich einzugestehen, dass er es am liebsten noch anbehalten, gern noch sehr viel mehr Zeit darin verbracht hätte. Aber der Tag war vorüber gewesen und damit der Traum zu Ende. Es hatte ihn ein wenig trösten können, dass der Traum morgen vielleicht in etwas anderer Form weitergehen würde – *wie*, das wusste er noch nicht. Aber bisher war er an jedem Tag schöner geworden.

Und schließlich gab es auch noch die Nächte: Auch in dieser war Julie wieder leise zu ihm ins Bett gestiegen. Sie hatten sich lange gestreichelt und geküsst und waren schließlich eng aneinandergekuschelt eingeschlafen. Erst als am Morgen das Leben im Haus wieder zu rumoren begann, war Julie schnell in ihr Zimmer zurückgekehrt.

Nun saßen alle am Frühstückstisch – Peter in seinem Nachthemd, das er inzwischen für ganz selbstverständlich hielt, und dem geblümten Morgenmantel darüber. Die Mädchen schwatzten, Maria lächelte und rief sie das eine oder andere Mal zur Ordnung, und Peter war dabei, als gehörte er ganz selbstverständlich zu dieser Mädchenclique dazu.

„Wir sollten dringend noch an Petras Outfit arbeiten", ließ sich Charlie irgendwann hören.

„Dringend?", fiel Julie ein, „was heißt denn dringend! Petra ist doch jetzt schon fast perfekt."

„Na ja!" Charlie mimte die große Kennerin. „Ich meine, ihre Kleidung ist inzwischen annehmbar ..."

„Es ist übrigens deine, schon vergessen?", fiel Maria ein. „Ihre Kleidung ist wirklich *mehr als* annehmbar! Das ist richtige Mädchenkleidung, kein Kostüm oder soetwas."

Peter stutzte, hatte aber keine Zeit, über diese Bemerkung nachzudenken.

„Aber was ist eigentlich mit ihrer Frisur?", beharrte Charlie.

Wie auf Kommando sahen alle auf Peters verhältnismäßig langen Haare, denen der Jungenhaarschnitt im unfrisierten Zustand aber deutlich anzusehen war; Haarspray und Haarspangen hatten am Vorabend diesen Eindruck zwar kaschiert, aber mehr auch nicht.

„Hm", machten alle gleichzeitig und Peter wurde wieder einmal rot, wenn auch nicht *so* rot wie noch in den ersten Tagen. Denn inzwischen hatte er nicht mehr so viel Angst vor ihren Vorschlägen, die Angst hatte sich stattdessen in eine gewisse Neugier verwandelt angesichts der Erfahrung, dass er bisher keinen ihrer Vorschläge und Experimente wirklich bereut hatte.

„Sie hat schöne lange Haare, man müsste sie nur eben richtig in Form bringen", beharrte Charlie.

„Wir könnten ihr Zöpfe flechten", brachte sich Marie, nicht mehr ganz so schüchtern, ein.

„Dafür sind die Haare noch nicht lang genug."

„Aber wofür sind sie lang genug?"

„Vielleicht einen Zopf ganz eng am Kopf entlang?"

„Oder ein Pagenkopf?"

„Jedenfalls sind die Haare eher mittellang als lang."

„Warum gehen wir nicht alle zusammen zum Friseur? Monika hat bestimmt Tipps für Petra." Ein Vorschlag von Maria.

„Au ja!" Julie strahlte. „Das wäre doch toll, oder nicht, Petra?"

Peter wusste nicht recht, ob er das so toll fand. Wollten sie denn tatsächlich an seinen Haaren herumschneiden? Immerhin würde er in ein paar Tagen wieder nach Hause zurückkehren und damit in eine Welt, in der er ein Junge war. Zugleich erinnerte er sich daran, dass er in den vergangenen Tagen bereits häufiger erlebt hatte, dass er zuerst nicht besonders begeistert gewesen war von einem Vorschlag oder einer Idee, die ihn betraf, und sich dann schließlich doch dabei wohlgefühlt hatte. Trotzdem – dies schien ihm etwas anderes zu sein. Haare wuchsen nicht so schnell wieder nach. Und das sagte er dann auch.

Alle Blicke richteten sich nun auf Maria.

„Da hast du recht", sagte diese, „es würde etwas zu weit gehen, wenn wir dir eine Frisur machen lassen würden, die sich nicht einfach wieder in eine Jungenfrisur umwandeln lassen könnte. Aber wenn du eine Mädchen-*Langhaar*frisur bekommst, kannst du die ganz schnell wieder in eine Jungen-*Kurzhaar*frisur umwandeln lassen. Und wenn du dann mit kürzeren Haaren als vorher in die Schule zurückkommst, sagst du einfach, du hättest eben Lust auf eine neue Frisur gehabt. *Mädchen* machen das andauernd!"

Das erschien Peter plausibel, und so nickte er und damit war die Sache beschlossen. Maria nahm den Telefonhörer in die Hand und rief den Friseursalon an, in dem sie sich alle die Haare schneiden ließen.

„Monika hat nur noch einen Termin um halb zehn." Sie sah auf die Uhr. „Wenn wir den schaffen wollen, müssen wir uns beeilen."

Und schon waren alle vom Tisch verschwunden. Jede rannte in ihr Zimmer, wusch sich, zog sich an, Julie frisierte sich sorgfältig, Charlie suchte für Peter ein sommerliches Kleid mit schwingendem Rock heraus. Als sie in sein Zimmer kam, stand er noch im Nachthemd da, allerdings fertig gewaschen.

„Zieh das aus, du musst frische Sachen anziehen."

Sie legte einen weißen Slip auf's Bett mit leichtem Spitzenbesatz und daneben einen passenden BH. Dazu eine Seidenstrumpfhose. Peter machte große Augen.

„Du hast gestern Abend gezeigt, dass du schon ein *großes* Mädchen bist. Bei deiner Größe wäre es ziemlich seltsam, wenn du noch so gar keinen Busen hättest. Daran könnte man ohne weiteres den Jungen in dem Kleid erkennen. Also zieh den BH an und stopf wieder das Tuch hinein."

Peter nickte ergeben. Inzwischen *wollte* er vielleicht gar keinen Widerstand mehr leisten. Charlie hatte sich ohnehin immer durchgesetzt.

„Und für ein großes Mädchen gehört es sich auch, nicht mit nackten Beinen herumzulaufen. Schau!" Damit deutete sie auf ihre eigenen Beine. Sie trug einen Minirock, und als Peter genauer hinsah, bemerkte er, dass auch sie eine hautfarbene Feinstrumpfhose trug. „Siehst du! Das bemerkt ein Junge natürlich nicht. Jungen sind ja noch so *klein*! Aber den Männern fällt das auf, und für eine Frau ist es ein schöneres Gefühl, als wenn sie nackte Beine hätte. Das weißt du ja inzwischen." Sie grinste wieder einmal. „Also zieh sie an!"

Peter gehorchte. Heimlich freute er sich. Denn es stimmte schon: inzwischen mochte er dieses Gefühl des feinen Gewebes auf seiner Haut. Er fühlte sich wohl damit, auch wenn er sich manchmal noch schämte. Aber er wusste, dass es im Kreis dieser Familie keinen Grund gab, sich dafür zu schämen. Außerdem weckte es eine seltsame Aufregung in ihm. Also setzte er sich auf seine Bettkante und entrollte die Strumpfhose auf seinen Beinen, zog sie hoch und …

„Du brauchst die Miederhose! Moment!" Damit war Charlie aus dem Zimmer und kam im nächsten Augenblick mit der Miederhose zurück, die Peter schon am Vortag getragen hatte. „Sonst gibt's ne Beule!" Dabei grinste sie, trat nah auf Peter zu und legte ihre flache Hand in Peters Schritt. Der wich zurück, doch stand er nahe vor dem Bett, so dass ihm der Fluchtweg abgeschnitten war. Charlies Hand blieb, wo sie war. „Eigentlich schade", flüsterte sie. „Ich würde dich gern beobachten, wie deine Beule wächst und der Rock sich langsam wölbt." Sie seufzte theatralisch und ließ dann von Peter ab. Der zog schnell die Miederhose an und anschließend das weiße Sommerkleid, dessen Rock so weit schwang, dass ohnehin keine verräterische Beule sichtbar werden würde. Zuletzt legte er wieder das Tuch um, das Julie ihm geschenkt hatte und von dem er sich kaum mehr trennen wollte.

Als alle in der Diele versammelt waren, ging eine Debatte über Peters Schuhe los. Schließlich setzte sich Charlie durch. Sie gab ihm weiße Sandaletten mit Absatz. Während sie die schmalen Riemchen verschnürte, beobachtete er, wie sich seine Füße verwandelten. Doch dann fiel ihm auf, dass seine Zehen in den Sandaletten sichtbar waren und damit auch die Fußspitzen der Seidenstrumpfhose. Er protestierte. Das sah nun wirklich nicht schön, auch nicht mädchenhaft aus. Sofort schämte er sich wieder.

„Hast du das noch nie gesehen bei Frauen? Frauen machen das durchaus so!" Wieder signalisierte Charlie, dass sie sich auf keine Diskussion einlassen würde.

„Aber nicht mit unlackierten Fußnägeln", fiel Maria da ein. Ihr Wort hatte solches Gewicht, dass alle Mädchen für einen Augenblick schwiegen.

„Dann müssen wir sie ihr eben lackieren."

„Aber nicht mehr jetzt! Wir müssen los, sonst verpassen wir den Termin bei Monika. Es ist sowieso schon spät."

„Okay, dann machen wir das später." Charlie stiefelte los in Richtung Auto – und Peter wurde es wieder einmal heiß bei der Vorstellung, lackierte Fußnägel zu bekommen und so dann womöglich demnächst auch noch in der Öffentlichkeit herumzulaufen.

Monika erwartete sie schon. Sie begrüßte alle mit Küsschen und nahm davon auch Peter nicht aus. Dann besah sie sich das Malheur.

„Das ist ja eher eine Jungenfrisur, die du da hast. Wie bist du denn an die gekommen?" Sie fuhr ihm durch die Haare. „Aber schöne, dichte Haare hast du. Setz dich mal auf den Stuhl da!" Und während er sich auf einen der Friseurstühle setzte, musterte sie ihn aufmerksam von oben bis unten.

Dann legte sie einen großen Umhang um ihn und rückte ihn zurecht. Peter traute seinen Augen nicht, als er sah, wie sich sein ‚Busen' in Form zweier kleiner Hügel durch den Umhang drückte. Spontan hoffte er, dass niemand diese Hügel sah, doch dann wurde ihm klar, dass sie dazugehörten. Sie passten zu dem Bild, das er dort sah, selbst wenn der große Umhang das Sommerkleid im Augenblick verdeckte, das er trug. Es wäre seltsamer gewesen, wenn sie *nicht* dagewesen wären.

Und dann ging die Diskussion los. Monika brachte einen Ordner, in dem sie viele Bilder hatte. Sie blätterte ihn durch und sie beratschlagten über fast jedes von ihnen. Eine Reihe von Frisuren kamen nicht in Frage, da Peters Haare dafür nicht lang genug waren.

„Im Augenblick sind lange Haare in", sagte Monika, „auf der anderen Seite haben dafür mittellange Haare etwas Besonderes. Oder auch kurze …"

„Nein, kurz wollen wir nicht", fiel Julie ein.

„Ja,", meinte auch Charlie, „die Haare sollten schon so lang bleiben – oder vielleicht *ein bisschen* kürzer, wenn es die Frisur erfordert. Aber nicht *richtig* kurz."

Peter wollte eine Bemerkung machen. Da war ja noch immer die Sache mit seiner Rückkehr nach Hause am Wochenende. Doch niemand hörte ihn. Alle waren über die Mappe gebeugt und mit den Frisuren beschäftigt. Außerdem: Was hätte er in Gegenwart von Monika sagen sollen?

„Okay. Was haltet ihr denn hiervon?"

Monika zeigte mehrere Bilder von Frisuren, bei denen die glatten Haare gescheitelt waren und glatt oder mit leichten Locken hinunter fielen bis knapp oberhalb der Schultern. Dort waren sie gerade geschnitten. „Man nennt diese Art von Frisur ,Bob'. Und wie ihr seht, könnte man sogar eine leichte Welle hinein machen."

„Würde denn dafür die Länge von Petras Haaren ausreichen?", fragte Charlie nach.

„Ich denke schon. Man kann die Länge variieren. Siehst du, hier, dieses Mädchen trägt die Frisur etwas kürzer als die anderen, aber im Prinzip ist es die gleiche Frisur."

„Und Petras Haare sind fast so blond wie die von dem Mädchen!", stellte Julie begeistert fest.

„Was hältst denn du davon?", wandte sich Maria nun an Peter. „Schließlich soll das ja *deine* Frisur werden."

Peter wusste wieder einmal nicht, wie ihm geschah. Er hatte die ganze Zeit verzweifelt versucht, sich über die Konsequenzen klarzuwerden.

„Tja", sagte er daher vorsichtig, und fügte nach einer kleinen Pause, in der er angestrengt das Bild betrachtet hatte, hinzu: „Ich weiß nicht recht. Ich kann es mir an mir nicht richtig vorstellen."

„Ach was", mischte sich Charlie da ein, „bisher war doch alles toll, was wir gemacht haben, oder nicht?"

Peter nickte.

„Dann vertrau uns: Das hier wird bestimmt auch toll! Und so lange deine Haare noch nicht länger sind, müssen wir eben ein bisschen tricksen."

Peter sah sie mit großen Augen an.

„Aber ..." begann er und wusste schon im nächsten Augenblick nicht weiter. Charlie grinste ihn an und Julie strahlte.

„Also abgemacht!", sagte Julie und klatschte in die Hände. „Diese Frisur nehmen wir!"

Monika lächelte. „Das wird dir ganz wunderbar stehen!", sagte sie direkt zu Peter und machte sich ohne zu zögern an die Arbeit.

„Übrigens ist das die richtige Frisur für Mädchen, die keine Ohrringe mögen", sagte sie einige Augenblicke später, während sie Peters Haare durchkämmte. „Die Ohren sind ja kaum zu sehen und auffällige Ohrringe würden hier eher stören. Du magst doch keine Ohrringe, oder?" fragte sie Peter und sah ihm wieder einmal aufmerksam ins Gesicht. „Jedenfalls hast du keine Ohrlöcher, wie ich sehe."

„Sie hat das nur noch nicht ausprobiert," ließ sich Charlie von hinten hören, bevor Peter etwas sagen konnte. „Sie ist vom Land!" Und sie lachte schallend.

Monika legte eine lange Strähne vom Scheitelansatz halb über Peters Gesicht und schnitt die Spitzen gerade. „Was? Na, dann wird es aber höchste Zeit! Du kannst bei dieser Frisur die Haare auch hinter die Ohren legen – *dann* kommen die Ohren natürlich gerade voll zur Wirkung und wenn du daran schöne Ohrringe oder sogar

Ohrgehänge trägst, fallen die ganz besonders ins Auge. – Wenn du willst, können wir dir die Löcher gleich hier stechen."

Peter erschauerte. „Nein, nein", sagte er, diesmal schnell genug, um nicht von Charlie oder Julie überholt zu werden, „erstmal nur die Frisur." Und aus dem Augenwinkel beobachtete er erleichtert, wie Maria die Mädchen zurückhielt, dass sie nicht weiter insistierten.

Eine halbe Stunde später war die Frisur fertig. Monika versprühte ein wenig Haarspray, dann sagte sie „Moment noch", und zupfte ein Paar Haare von Peters Augenbrauen weg. „So, wie gefällt es dir?"

Sie nahm einen Handspiegel von der Wand und zeigte Peter darin seinen Hinterkopf. Er erkannte sich kaum wieder. Monika hatte aus seinen eher wirren Haaren einen wunderschönen Mädchenkopf gezaubert, der zudem noch blonder wirkte, als er es schon vorher gewesen war. Außerdem war die Frisur so weiblich, wie er selbst es an Mädchen mochte.

„Unter uns", flüsterte Monika und beugte sich so über ihn, dass ihr Gesicht im Spiegel direkt neben dem seinen zu sehen war, „wenn du ganz vorsichtig mit Maskara und Lidschatten arbeitest, kannst du deine blauen Augen noch mehr zum Leuchten bringen. Das passt sehr gut zu dieser Frisur!" Und sie richtete sich wieder auf und lächelte verschwörerisch. Dann nahm sie den Umhang weg, in den nur verhältnismäßig wenige Haare gefallen waren.

Im nächsten Augenblick standen alle um den Stuhl herum und begutachteten die Frisur. Sie waren sich einig: Monika war eine Künstlerin und Petra ein wirklich schönes Mädchen – dem nur noch Ohrringe fehlten.

„Lasst uns noch etwas für sie einkaufen!", schlug Charlie vor, „etwas zum Anziehen."

„Oder Schmuck!", fiel Julie ein. „Sie hat ja noch gar keinen Schmuck!"

Maria und Monika lächelten. „Danke," sagte Maria zu ihr, „das hast du wunderbar gemacht."

„Man hat nicht jeden Tag eine so reizvolle Aufgabe", antwortete Monika, „und ein so schönes Mädchen", fügte sie schnell an, als sie sah, dass Peters Blick fragend wurde.

Peter sah noch einmal in den Spiegel. Da trat Julie hinter ihn und sah ebenfalls auf sein Spiegelbild. Für einen Augenblick standen sie schweigend da. Dann legte Julie ihre Hand um Peters Taille, lächelte und sagte: „Sind wir nicht zwei schöne Freundinnen? Ich finde, wir passen ganz toll zusammen! Und ich will, dass Petra niemals wieder geht. Du musst für immer bei uns bleiben!"

Perfekte Verwandlung

Erst am frühen Nachmittag kamen sie wieder zu Hause an. Vom Friseur aus waren sie Einkaufen gegangen. Peter hatte zwei schöne Kleider bekommen, eine Halskette und einen silbernen Armreif, den er selbst ausgesucht hatte und nun andächtig an seinem Handgelenk trug. Julie hatte noch einmal die Frage nach den Ohrlöchern aufgebracht, doch seltsamerweise war Maria hier eingeschritten, so dass dieses Thema mit der Bemerkung „aufgeschoben ist nicht aufgehoben" vertagt wurde. Dafür wurden Düfte erkundet; Charlie hatte verkündet, dass sie für sich selbst einen neuen wünsche und dass auch Petra Erfahrungen damit sammeln müsse. Also waren sie lange in der Parfümerie-Abteilung eines Kaufhauses gewesen und Peter hatte so viele Düfte testen müssen, dass schließlich in seiner Empfindung kein Zentimeter an seinem Körper mehr war, der nicht für einen Test hatte herhalten müssen, und alle diese unterschiedlichen Düfte in seiner Nase zu einem großen Cocktail zusammenflossen. Er hatte sich nicht entscheiden können, und so hatten Charlie und Julie gemeinsam einen ausgesucht.

Zu Hause dann wurde zu Mittag gegessen. Anschließend nahm Julie Peter an der Hand und ging mit ihm in ihr Zimmer. Dort platzierte sie ihn vor ihrem improvisierten Schminktisch und verkündete, dass sie nun einiges an ihm ausprobieren wolle. Irgendwann stieß auch Charlie zu ihnen, brachte den einen oder anderen Farbtiegel aus ihrem Zimmer mit und beriet sich mit Julie über die Ergebnisse ihrer Experimente. Immer wieder wurde Peters Gesicht abgewaschen und die beiden begannen von neuem.

Peter fühlte sich wohl dabei. Nicht alles gefiel ihm, was die beiden auf sein Gesicht mit der neuen Frisur zauberten, aber es waren einige Varianten darunter, die er am liebsten behalten hätte. Irgendwann war Charlie dazu übergegangen, jede ‚Endfassung' mit ihrem Smartphone fotografisch festzuhalten, und es machte, wie alle drei fanden, großen Spaß, auf diese Weise die Ergebnisse direkt miteinander zu vergleichen. Schließlich gingen sie sogar dazu über, Outfits zu den verschiedenen Schminkvariationen zusammenzustellen und diese ebenfalls zu fotografieren, bis sie eine ganze Galerie von Bildern hatten, auf denen Petra ganz unterschiedlich aussah – mal unschuldig mädchenhaft, dann verwegen oder verrucht, einmal erwachsen, dann wieder kindlicher oder verträumt-romantisch. Und während sie die Bilder ansahen, entdeckte Peter schon wieder etwas Neues: Er musste sich gar nicht für *eine* dieser Varianten entscheiden. Bliebe er noch länger Mädchen, könnte er sich jeden Tag neu entscheiden, welcher Typ gerade zu seiner Stimmung passte. Das kannte er als Junge nicht. Als Junge war man immer gleich: stark, cool, hart. Man durfte keine Schwäche zeigen, sonst galt man als Memme – oder eben als Mädchen –, und da man ohnehin jeden Tag die gleichen Klamotten trug, war man auch an jedem Tag immer der gleiche.

Das sah bei den Mädchen offensichtlich ganz anders aus. Sie konnten die Kleidung und auch die Art, sich zu schminken und den Schmuck, den sie trugen, ihrer Stimmung anpassen und mal so, mal so aussehen. Dabei konnten sie sogar richtige Rollen spielen, indem sie entsprechende Kleidung trugen: mal als Pirat – wenn möglich mit Stiefeln! –, mal als Blumenmädchen, mal in

Reithose und Reitstiefeln – mit einem Stück Leder auf dem Hintern –, mal sexy und mal romantisch.

Am ungewohntesten war für ihn die Frage, die sich daraus ergab: Wie fühlte er sich gerade? Mit anderen Worten: Welchen Typ würde er in diesem Augenblick und für die nächsten Stunden wählen wollen? Als Junge mochte er die Frage ‚Wie geht es dir?' überhaupt nicht, aber jetzt merkte er, dass es für ein Mädchen darauf als Antwort nicht nur ‚gut' oder ‚schlecht' gab, sondern eben solche wie: ‚verwegen wie ein Pirat' oder ‚verträumt wie ein Blumenmädchen', ‚verführerisch wie eine sexy Biene', ‚abenteuerlustig wie eine Dschungel-Queen' oder ‚schüchtern wie ein Burgfräulein'. Ob er eine Jeans oder einen Rock anzog und darunter Baumwoll- oder Spitzenunterwäsche, Socken oder Feinstrumpfhosen trug, hatte nicht nur praktische Gründe, sondern hatte offensichtlich wesentlich mit seiner Befindlichkeit zu tun, und so musste er, wenn er – nein: sie – ihr Outfit wählte, immer sich selbst und ihre momentane Stimmung im Blick haben.

Und was war, wenn die sich im Laufe der Zeit änderte? Angenommen, ein Mädchen fühlte sich morgens, wenn es sein Outfit wählte, schüchtern und romantisch und zog also ein Kleid mit vielen Blumen an, eine unauffällige, hautfarbene Strumpfhose und Sandaletten mit einem mittelhohen Absatz und schmalen Riemchen. Aber während das Mädchen in der Schule war, geschah etwas, so dass sie sich plötzlich ganz anders fühlte – dann passte ihr Outfit nicht mehr zu ihrer Stimmung. Dann stimmte da etwas nicht. Dann steckte sie im falschen Kleid. War das der Grund, warum Mädchen manchmal so zickig waren? Sie hatten ein romantisches Kleid angezogen und dann wurde von ihnen verlangt, dass sie stark waren und die Führung in irgend etwas übernahmen oder einen Wettbewerb bestritten und möglichst gewannen – war es ein Wunder, dass sie in einer solchen Situation anders reagierten, als man es erwarten würde? Unberechenbar, unvorhersehbar, scheinbar launenhaft – eben zickig?

Was wäre zum Beispiel, wenn Petra, nicht in diesem geschützten Raum wäre, in dem sie alle mochten und Freude an ihr und mit ihr hatten, sondern in der ‚wirklichen' Welt mit Leuten, die Spaß daran hatten, andere Menschen zu ärgern, die mobbten und spotteten und beleidigten ohne Rücksicht auf Verluste? Was wäre, wenn sie in einer solchen Welt in ihrem jetzigen Zustand auf einen solchen fiesen Menschen stieße? Der sofort ihre Schwachstelle finden würde, ihr mangelhaftes Selbstbewusstsein in dieser neuen Rolle. Sie, Petra, müsste plötzlich stark sein – aber wie machte man das, während man als Junge in Strapsen und Seidenstrümpfen steckte, einen BH trug, geschminkt war und gerade mit einem ‚Bob' vom Friseur kam?

Im Grunde, das erkannte er plötzlich, kämpfte er als Junge sehr häufig mit der Rolle, die von ihm erwartet wurde. Er war in Wirklichkeit nicht so hart und so cool, wie er es vorspielte. Er war deswegen so unsicher, weil er die ganze Zeit etwas *spielen* musste. Er wollte sein wie die anderen. Aber *er selbst* war er dabei nicht. Vielleicht war Petra in Wahrheit viel mehr er selbst, als Peter es in letzter Zeit gewesen war. Vielleicht entsprach ihm diese Rolle viel mehr, als er es geglaubt hätte. Hier durfte er schwach sein oder kindlich, zurückhaltend und vorsichtig, kurz: er durfte sein, wie er war. Vielleicht durfte er auch stark sein, aber dafür hatte er noch kein Outfit. Es wäre spannend, herauszufinden, welche Kleidung und welches Makeup er als starkes, souveränes, selbstsicheres Mädchen tragen würde. Einen Minirock, so wie

Charlie ihn trug? Stiefel? Ein enges, knappes Top mit Spaghetti-Trägern? Dunkle Ringe um die Augen, dunkelroten Lippenstift? Eine Herrenuhr, Fingernägel in der Farbe des Lippenstifts?

Die Mädchen hatten gemerkt, dass er in Gedanken versunken war. Irgendwann fiel ihm auf, dass sie schweigend neben ihm standen und ihn ansahen.

„Was ist mit dir?", fragte Julie.

„Ich denke nach", antwortete Peter.

„Worüber?"

Es war nicht leicht, das in Worte zu fassen. „Über … Mädchen und Jungen, über … mich als Mädchen und als Junge …"

„Und?", fragte nun auch Charlie, „worüber genau?"

„Über Rollen, die Mädchen spielen dürfen und Jungen nicht. Über Kleidung, die dazu passt und darüber, was passiert, wenn man das falsche Outfit und das falsche Makeup wählt und damit in die Schule geht."

„Möchtest du auch so in die Schule gehen?"

„Das meinte ich nicht. Sondern … ein Blumenmädchen trägt ein anderes Outfit als eine … wie nennt man eine starke Frau?"

„Kurtisane."

„Das ist doch eine … eine Hure, oder nicht?"

„Nicht notwendig."

„Meinetwegen, sagen wir Kurtisane. Also, eine Kurtisane trägt ein anderes Outfit als ein Blumenmädchen oder eine Prinzessin."

„Möchtest du ein Blumenmädchen oder eine Prinzessin sein?"

Peter schüttelte fast ärgerlich mit dem Kopf. „Ich habe mich gerade gefragt, was ich eigentlich als Kurtisane tragen würde, also ich meine: als *starke* Frau."

„Als Kurtisane?"

„Wenn das der richtige Begriff für eine starke Frau ist: Ja. Bis jetzt habe ich mich zwar noch nicht so gefühlt, aber wenn ich einmal ein bisschen selbstbewusster sein will, dann gehört dazu bestimmt auch die entsprechende Kleidung, oder nicht? Charlie zum Beispiel trägt so ein Outfit. Würde ich dann auch soetwas anziehen?"

„Du kannst es ja mal ausprobieren."

„Dein Outfit anziehen?"

„Warum nicht?"

Peter war sprachlos. So einfach konnte das doch nicht sein.

Aber da täuschte er sich.

„Los, probieren wir es aus!" Und damit begann Charlie, sich auszuziehen. Einfach so! Allerdings machte sie dabei schlangenartige Bewegungen, die weit über das gewöhnliche Ausziehen der Kleidung hinausgingen. Peter wurde es mulmig – und warm im Höschen.

„Aber …"

„Ja," fiel auch Julie ein, „probier' es doch einfach aus! Ich finde, du solltest es tun!"

Währenddessen hatte Charlie bereits ihren Rock fallen lassen und das Top über ihren Kopf gezogen und öffnete nun gerade ihren BH, wobei sie sich betont viel Zeit ließ und Peter dabei aufmerksam ansah.

„Aber …"

„Los!", hauchte nun Charlie, „ich fang schon an zu frieren."

„Du willst meine Sachen anziehen?"

„Vor allem will ich, dass *du meine* anziehst!"

„Ja," drängte nun auch Julie wieder, „das will ich auch!"

Peter wollte sich umdrehen, um sich auszuziehen.

„Nein, nein!", widersprach Charlie, „ich hab' mich auch nicht umgedreht, oder?"

Peter begann sich langsam auszuziehen und beobachtete dabei Charlie, die ihm mit ihrem Körper die Bewegungen vorgab. Er deutete nur an, was Charlie fast übertrieben vormachte, aber in seinem Empfinden war es auch so schwierig genug. Schließlich stand er nur noch in Slip und BH da.

„Weiter!", drängte Charlie.

Peter öffnete den BH und entfernte ihn. Dann fasste er unschlüssig das Höschen, in dem wieder einmal eine deutliche Beule sichtbar geworden war, als er sich die Miederhose ausgezogen hatte.

„Los!" beharrte Charlie.

Nach einem kurzen Blick auf Julie zog er das Höschen herunter. Da legte Charlie ihre Hand zwischen seine Beine und fasste an, was sonst immer verborgen im Dunkel des Tals zwischen seinen Schenkeln verborgen war.

„Das ist gut", sagte sie, während sie ihre Hand unbewegt hielt, „das sind die richtigen Voraussetzungen für eine starke Frau!" Und sie lächelte ihn an und drückte ihm im nächsten Augenblick einen begehrlichen Kuss auf seine Lippen. Ihre Zunge drang blitzschnell und schlangenartig in seinen Mund ein. Peter drohten die Sinne zu schwinden. Da bemerkte er, dass Julie sich von hinten an ihn drängte und ihn zärtlich umarmte. Ihr Schoß lag an seinem nackten Po, während Charlies Zunge hastig seinen Mund erkundete und ihre Hand unbeweglich hielt, was sie hielt.

Dann verließ die Zunge seine Mundhöhle und die Hand ließ los.

„Nun soll sich die starke Frau aber auch wieder anziehen", sagte Charlie mit leicht veränderter, etwas belegter Stimme und sah ihn eindringlich an. „Das verschmierte Makeup werden wir anschließend wieder richten." Und sie lächelte.

Dann reichte sie Peter ihren Slip, den sie sich nun ebenfalls ausgezogen hatte. Peter sah an der Stelle, an der er eben noch gesessen hatte – und die er kaum anzuschauen wagte –, einen sauber gezogenen, schmalen, senkrechten Strich aus schwarzen Härchen und sonst nur glatte Haut.

Er streifte Charlies Slip über. Er war noch warm von ihrem Körper und irgendwie schien er ihm feucht zu sein. Sie reichte ihm ihren BH und stopfte eigenhändig zwei kleine Luftballons hinein, die sie irgendwann vorher mit Wasser gefüllt hatte. Dann sah sie auf ihre Stiefel und auf die hautfarbene Strumpfhose, die sie auf den Boden hatte fallen lassen.

„Nein", sagte sie dann und ging splitterfasernackt an ihre Kommode, „eine starke Frau braucht *schwarze* Strümpfe!" Als sie sich umdrehte, öffnete sie eine Packung und reichte ihm die Strümpfe.

„Und der Strapsgürtel?"

„Brauchst du nicht: die halten so."

Als Peter sie aufrollte, bemerkte er den verstärkten Rand. An seinen Beinen merkte er, dass sie sich eng anlegten und am oberen Rand eine Art Gummizug hatten, der sich auf geheimnisvolle Weise an seiner Haut festzusaugen schien.

„Das sind ,*stockings*'", sagte Charlie, „Strümpfe, die ohne Strapsgürtel halten. – Jedenfalls so lange sie nicht rutschen. Wenn das geschieht, musst du eben auf die Toilette und sie wieder richten." Und sie grinste. „Wenn du nicht riskieren willst, dass sie sich irgendwann auf deinen Schuhen versammeln."

Als nächstes reichte sie Peter ihr Top, das ebenfalls noch warm war, und schließlich die Hauptsache: ihren kurzen Minirock. Peter spürte, wie ganz anders er saß. Er schmiegte sich an seine Hüfte und seinen Po an und schnürte gewissermaßen seine Oberschenkel zusammen. Jeden Augenblick war zu spüren, wie kurz und eng der Rock tatsächlich war.

„Du musst nur aufpassen, dass man den oberen Rand deiner *Stockings* nicht sieht. Das kann natürlich bei einem Minirock schnell passieren! Es sei denn, du *willst*, dass man sie sieht. Beispielsweise wenn du einen Jungen verführen willst. Dem Jungen gestern im Konzert wären sicherlich die Augen aus dem Kopf gefallen und der Geifer aus dem Mund geronnen, wenn er dich so gesehen hätte!"

Charlie stand noch immer nackt da, aber nun machte sie sich daran, die Kleidungsstücke anzuziehen, die Peter gerade abgelegt hatte. Dabei schmunzelte sie, und als sie sah, dass Peter sie beobachtete, fuhr sie sich geziert mit der Zunge über ihre Lippen und stöhnte ganz leise, während sie sein Spitzenhöschen viel weiter nach oben zog, als es notwendig gewesen wäre, so dass es fast zwischen ihren Beinen verschwand.

„Zieh die Stiefel an!", hauchte sie ihm zu.

Julie kam ihm zu Hilfe, sie nahm einen der Lederstiefel, richtete ihn vor ihm und führte sein Bein hinein. Als er richtig stand und den hohen Absatz spürte, zog sie ganz langsam den Reißverschluss zu.

Wieder ein neues Gefühl, das vielleicht aufregender war als alles, was er zuvor schon erlebt hatte: Je weiter sich der Reißverschluss schloss, desto mehr umfing der Stiefel das Bein. Im Grunde zwängte er das Bein in der Nylonstrumpfhose sogar ein, fast als werde es gefangen. Er gab ihm Halt und Wärme, machte zugleich aber das zarte Gewebe der Strumpfhose spürbar, so dass Peter in jedem Augenblick die Tatsache bewusst blieb, dass er Stiefel und Feinstrumpfhose trug.

Julie hatte die Wirkung bemerkt und schloss den Reißverschluss des zweiten Stiefels noch langsamer. Peter erschauerte. Als der Reißverschluss ganz geschlossen war und er vollständig in den hochhackigen Stiefeln dastand, fühlte er sich schlagartig anders. Stärker, größer, selbstbewusster. Und seltsamerweise weiblicher. *Wesentlich* weiblicher. Die Stiefel gaben ihm, was er vorher kaum je gehabt hatte: Sicherheit. Er stand da – die Höhe der Absätze machte ihm nach der Erfahrung der *Highheels* gestern Nachmittag nichts mehr aus, im Gegenteil! – und fühlte sich verwandelt. Dazu der heiße Minirock …

„Charlie", rief Julie in diesem Moment und drehte sich zu Charlie um, „du hast doch eine Lederjacke, oder nicht?"

Charlie war gerade damit beschäftigt, den Reißverschluss des Kleids zu schließen, das vor wenigen Augenblicken noch Peter getragen hatte.

„Stimmt", antwortete sie, „hängt in meinem Schrank."

Kurz darauf kam Julie aus Charlies Zimmer zurück und hielt Peter eine Lederjacke hin, die an eine Motorrad-Lederjacke erinnerte. Breite, silberne Reißverschlüsse, einige wenige Nieten. Peter fuhr in die Ärmel der Jacke hinein, die nach Charlie roch. Julie trat vor ihn und schloss auch hier den Reißverschluss. Im nächsten Augenblick spürte Peter, dass *diese* Jacke anders geschnitten war als jene Jacken, die er bisher kannte. Sie schloss sich eng um den Körper, und als Julie den Reißverschluss bis in die Höhe des ‚Busens' geschlossen hatte, wurde dieser ganz leicht angehoben – genug, dass Peter sich seiner bewusst wurde, wie auch der Tatsache, dass sich die gefüllten Luftballons anders verhielten als das Tuch: natürlicher.

Julie trat einen Schritt zurück, um ihn besser betrachten zu können, und strahlte ihn an. „Wouw!", sagte sie, „wie eine heiße Rockerbraut!"

„Wie eine *geile* Rockerbraut – mit Kurven", verbesserte Charlie, die sich aus ihrem Zimmer Wildlederstiefel geholt hatte, so dass das weiße Sommerkleid nun ganz anders wirkte, als es an Peter gewirkt hatte. „Und die Frisur dazu – das ist der Hammer! Wir sollten ein Fotoshooting machen!"

„Und?", fragte Julie, „wie fühlt es sich an."

Peter versuchte sich über die Frage klar zu werden.

„Passt das zum Gefühl einer starken Frau?", fragte Julie noch einmal, „oder eines starken Mädchens?"

Peter spürte in sich hinein und nickte dann entschieden. „Ja, das passt." Dann machte er ein paar Schritte im Zimmer umher. „Ich glaube, das ziehe ich nie wieder aus!" Er strahlte. Dann nahm er Julies Tuch und legte es sich wie selbstverständlich über die Schultern. „Das bin ich!"

„Wie gesagt", erinnerte Charlie, „sobald du in einer anderen Stimmung bist, wirst du auch wieder andere Kleidung tragen wollen. Dein Sommerkleid hier fühlt sich jedenfalls auch gut an – vor allem, wenn man es mit Stiefeln kombiniert!" Sprach's und wanderte mit übertrieben wackelndem Po in den Gang hinaus und mit klappernden Absätzen ins Erdgeschoss hinab.

Julie und Peter blieben allein in Julies Zimmer zurück. Mit einigen Handgriffen hatte Julie die Schminkutensilien aufgeräumt – oder sie wenigstens unsichtbar werden lassen – und drehte sich dann zu Peter um, der im Zimmer und im Gang umherging und sich der neuen

Gefühle klarzuwerden versuchte. Als er vor sie trat, wirkte sie fast ein wenig verschüchtert. „Das ist ungewohnt", flüsterte sie, „du wirkst plötzlich so ..."

Peter wartete auf eine Fortsetzung des Satzes.

„So ..."

Sie rang offensichtlich mit den Worten, die ihr durch den Kopf gingen.

„Wie ein echtes Mädchen", sagte sie dann. „Du bist wie verwandelt. Jetzt bist du nicht mehr Peter, ich meine: *gar nicht* mehr. Jetzt bist du ein richtiges Mädchen." Und sie küsste ihn fast schüchtern.

„Außer ..."

Sie nahm seine Hände in die ihren und betrachtete sie. „Jetzt müssen wir aber noch deine Fingernägel lackieren. Und die Fußnägel! Das passt jetzt so nicht mehr!"

Und damit setzte sie ihn wieder vor den Schminktisch. Sie nahm verschiedene Fläschchen zur Hand, in denen unterschiedliche Rottöne zu sehen waren. Dann wählte sie eine Farbe aus, die Peter fast ein wenig zu dunkel erschien. Doch er ließ sie gewähren. Erst lackierte sie seine Fußnägel, dann die Fingernägel, die sie zuerst von der alten Lackschicht reinigte, und während sie trockneten, lackierte sie ein zweites Mal die Fußnägel, und noch einmal die Fingernägel. Sie hatte die Nägel vorher in Form gebracht, und nun vollendete sie die Verwandlung. Als sie fertig waren, gab es nichts mehr, was noch gefehlt hätte.

Und schon wieder fühlte sich für Peter jede Bewegung anders an. Als sie alle gemeinsam am Abendbrottisch saßen – Peter ohne die Lederjacke, aber noch immer in Minirock und Stiefeln –, sah er bei jeder Bewegung die rot lackierten Nägel. Und wieder musste er sich immer wieder in Erinnerung rufen, dass das *seine*

Hände waren, die er da sah – und dass auch seine Füße so aussahen, mit so roten Nägeln! Er langte immer wieder über den Tisch, sah den Armreif an jener so fremden, so weiblichen Hand, und am anderen Handgelenk eine Uhr, die Julie ihm angezogen hatte, kurz bevor sie zum Abendessen gegangen waren.

Die Verwandlung war einfach perfekt.

Maria sah Peter staunend an. „Das ist unglaublich", sagte sie, und auch Paul nickte, offenbar unschlüssig darüber, was er sagen sollte. Dieses Mädchen da war noch einmal ein anderes, als das verschüchterte kleine Mädchen im Konfirmationskleid, das gestern mit ihnen im Konzert gewesen war. Er hatte Peter in Charlies Lederjacke gesehen und sich eingestehen müssen, dass dieses Mädchen reizvoll war – vielleicht sogar in einer Weise reizvoll, die ihm ansatzweise ein schlechtes Gewissen machte. Dieses Mädchen war ganz einfach ‚heiß'.

Abend in der Stadt

„Und nun?", fragte Paul während des Essens, „wollt ihr denn noch etwas unternehmen? Ich meine, jetzt habt ihr euch so aufwändig gestylt, jetzt wollt ihr doch nicht sofort ins Bett, oder?"

Und damit hatte er ins Schwarze getroffen. Aber weder Julie noch Peter, nicht einmal Charlie hatten zu hoffen gewagt, dass es für Maria und Paul in Frage kam, noch etwas zu unternehmen.

„Jetzt müssten wir eigentlich noch ausgehen, oder?" Offensichtlich war Paul sich unschlüssig, was genau man noch unternehmen könnte. „Mit Erwachsenen würden wir jetzt noch einen trinken gehen, aber ..."

„Wir sind schon fast erwachsen", warf Charlie ein.

„Man könnte es fast meinen", schmunzelte Maria.

„Sieh dir nur mal Petra an!", legte Charlie nach.

„Aber Alkohol kommt für euch trotzdem nicht in Frage."

„Wir müssen ja keinen Alkohol trinken."

„Marie muss ins Bett."

„Ich könnte mit ihr hierbleiben und du gehst mit den drei Mädchen noch ein bisschen los", schlug Maria vor. Peter fand es unglaublich, wie unkompliziert hier alles war.

„Habt ihr denn Lust dazu?"

Als Antwort sprang Julie von ihrem Stuhl auf, fiel ihrem Vater um den Hals und gab ihm einen dicken Kuss.

„Okay, okay", sagte dieser lachend, „gegen solche Argumente habe ich natürlich nichts zu bieten. Aber um zehn sind wir wieder zurück. Versprochen?"

Alle drei nickten eifrig und konnten es kaum erwarten, dass das Abendessen endlich zu Ende ging.

Paul lud die drei ins Auto und fuhr mit ihnen in die Stadt. Zunächst bummelten sie ein wenig. Es war Sommer und viele Cafés und Kneipen hatten ihre Türen und Fenster geöffnet und, wo möglich, zusätzliche Tische auf die verkehrsberuhigten Straßen gestellt. Es war ein Gedränge fast wie am Tag, nur dass die meisten Geschäfte geschlossen hatten und die Menschen eher spazierengingen, müßig die Schaufenster betrachteten oder eben in den Cafés saßen, sich unterhielten und dabei das Treiben auf der Straße beobachteten.

Peter genoss jeden Schritt. Der Minirock machte jede Bewegung zum Erlebnis, denn er saß so eng, dass er ständig zu spüren war. Der Saum schmiegte sich an seine Beine und der Stoff umschloss seine Oberschenkel und Hüften, und wenn er sich vorbeugte, spürte er, wie der Stoff am Po spannte. Ständig musste er darauf achten, dass er sich so bewegte, dass nicht der obere Rand der Strümpfe sichtbar wurde, und es war ihm – gelinde gesagt – ein Rätsel, wie er sich mit diesem Rock hinsetzen sollte, ohne dass alle alles sehen konnten.

Die Stiefel umschlossen zudem seine Unterschenkel auf eine Weise, die ihm wohltat. Und die Absätze ließen Peter in einer ganz besonderen Weise gehen, er wiegte sich in den Hüften und der Po schwang von ganz allein hin und her. Und als er bemerkte, dass der Gang umso sicherer wurde, je mehr er diese Bewegungen verstärkte, probierte er auch dies aus. Welch ein wunderbares Gefühl die Stiefel gaben! Er nahm sich vor, sie niemals wieder auszuziehen – das waren *seine*, vielmehr: *ihre*, Petras Schuhe, sie waren wie für sie gemacht! Und die Lederjacke, ihr Knartschen und die Art, wie sie den ‚Busen' zur Geltung brachte, wenn er den Reißverschluss ein wenig geschlossen hatte; all das erinnerte ihn, ohne dass er es sich eingestehen wollte, an einigermaßen unanständige Bilder, die er manchmal auf der Titelseite von entsprechenden Zeitschriften sah, oder an Popstars, die sich gern auf diese Weise fotografieren ließen: verrucht, cool, zu jedem Abenteuer und jeder Schandtat bereit ...

Diese Assoziation irritierte ihn. Schließlich wollte er keine ,Schandtat'. Neben ihm lief Julie. Peter ergriff vorsichtig ihre Hand. Julie schmiegte die ihre in die seine und drängte ihren Körper sanft an den seinen. Sie spazierten im Gleichschritt weiter und Peter spürte die weiche Haut und die Wärme von Julies Körper durch die Lederjacke und durch den engansitzenden Rock. Auch Julie hatte einen kurzen Rock angezogen – den kürzesten, den sie besaß, der indessen nicht gar so kurz war wie Charlies ,Mini' – und trug eine niedliche Jeansjacke. Dabei bewegte sie sich mit himmlischer Selbstverständlichkeit und strahlte, dass es an diesem Abend keine Dunkelheit mehr geben würde.

Irgendwann bemerkte Peter, dass ihre Gruppe immer wieder von Blicken anderer Menschen getroffen wurde. Jungen standen am Straßenrand oder saßen an Café-Tischen und beobachteten das Defilee der drei ,Mädchen', die in breiter Phalanx über das Kopfsteinpflaster der Fußgängerzone zogen. Die Art der Blicke waren ihm neu: Sie glitten an den Körpern der Mädchen auf und ab und blieben nicht selten an irgendeinem Körperteil hängen, statt zum Gesicht zurückzukehren und möglicherweise Blickkontakt aufzunehmen. Charlie in ihrem weißen Sommerkleid, das zuvor Petra getragen hatte, und den coolen Wildlederstiefeln zog mindestens ebenso viele Blicke auf sich wie Petra und Julie. Einigemale sah

Petra, wie sich ein Junge an einen anderen wandte und mit dem Finger auf sie zeigte; dann schienen sie sich über das zu unterhalten, was sie sahen, und es genau zu taxieren, und ein oder zweimal sah und hörte er sogar Gesten der Anerkennung – oder bedeutete das Pfeifen doch eher Spott?

Konnte es denn sein, dass sie alle nichts merkten? Für einen Augenblick war er wieder verunsichert. Doch dann trat er die hohen Absätze der Stiefel fester in das historische Altstadt-Pflaster und streckte den ‚Busen‘ unter der Lederjacke umso absichtsvoller heraus, als es Julie und vor allem Charlie vormachten.

Und immer war Julie an seiner Seite, schmiegte sich an ihn, zeigte ihm Dinge in Schaufenstern – und nichts von dem, was sie ihm zeigte, fand Peter uninteressant oder gar langweilig. Er hörte Erläuterungen zu Röcken, Kleidern, Tops, Mänteln und Schuhen und gab selbst seine Meinung dazu ab. Es wurden Formen von Handtaschen diskutiert sowie Makeup-Varianten, die sie ausprobieren wollten, Farben von Lippenstift, Muster auf Strumpfhosen, Frisuren und schließlich sogar Dessous, denn Charlie blieb vor einem entsprechenden Laden stehen und wollte gern Petras Meinung zu bestimmten Formen von Spitzen hören und ob sie gern ein Unterkleid tragen würde und ob sie bei ihren Dessous schwarz oder weiß oder vielleicht eine andere Farbe bevorzugte, vielleicht sogar rot?

Peter dachte einen Augenblick nach, diesmal ohne rot zu werden, sagte dann mit salomonischer Weisheit: „Das kommt ganz auf den Anlass an", und ging entschlossen weiter.

Schließlich wurden sie müde und bedrängten Paul, einen Platz für sie zu finden, wo sie sitzen könnten. Paul steuerte ein Café an, das an einem Carré mit einer alten

Kirche stand. Auf dem Platz herrschte buntes Treiben, Straßenmusiker hatten sich vor der Kirchentür niedergelassen und machten Musik. Entsprechend voll war aber auch das Café.

Paul fragte und er erhielt die Auskunft, dass an einem der Tische soeben bezahlt worden sei und sie sich dorthin setzen könnten, sobald die Gäste aufgebrochen waren. Für die Dauer der Wartezeit setzten sie sich an die Bar und bestellten schon einmal Getränke.

Peter hatte noch nicht die Position gefunden, in der er auf dem hohen Barhocker sitzen konnte, ohne dass der Minirock hochrutschte und die Strümpfe darunter sichtbar wurden. Er schlug die Beine mit den schwarzen Strümpfen übereinander. Das brachte zwar die Beine und vor allem die Stiefel wunderbar zur Geltung, doch wurde das Problem des hochrutschenden Rocks dadurch eher verschärft. Schließlich stellte er sich, scheinbar um besser dem Gespräch zwischen Charlie und Paul folgen zu können, kurzerhand neben den Barhocker.

Sofort bemächtigte sich ein Junge des Hockers, und als er ihn ansah, erkannte er den Jungen aus dem Konzerthaus, der ihn in der Pause angesprochen hatte.

„Hallo!", begrüßte er Peter, „das ist eine Überraschung! Du bist also doch noch in der Stadt!"

„Ich fahre erst am Sonntag", antwortete Peter, der nicht uneingeschränkt erfreut über diese Begegnung war.

„Und du wohnst hier in der Stadt?"

„Nein, meine Freunde wohnen vor der Stadt, auf dem Land, in einem der Dörfer."

„Und hast du dir die Stadt denn schon angesehen?"

Peter musste zugeben, dass er außer den Geschäften noch nichts von der Stadt gesehen hatte.

„Na, dann lass uns sie doch ein bisschen ansehen. Ich zeige dir, was man hier so machen kann, wo es schön ist, welche Kinos es gibt, welches die beste Eisdiele ist und wo man einen tollen Döner oder Schawarma bekommt."

„Ich werde dafür vermutlich keine Zeit haben, tut mir leid", versuchte Peter auszuweichen.

„Wieso? Hast du einen so vollen Terminkalender?"

„Ich muss mich ein bisschen nach dem Terminkalender meiner Freunde richten."

„Warum das? Bist du nicht frei? Ein freies Mädchen, sozusagen?" Und der Junge lachte lauthals.

Peter war diese Bezeichnung und das Gelächter unangenehm, daher antwortete er ein wenig patzig: „*Natürlich* bin ich frei. Aber ich bin auch höflich. Und ich weiß noch nicht, was meine Freunde geplant haben."

„Aber sie werden doch Verständnis dafür haben, wenn du auch einmal etwas allein unternehmen willst."

„Ich besuche meine Freunde aber nicht, um etwas allein zu unternehmen."

„Aber du *könntest*, wenn du wolltest. Und du wärest ja auch nicht allein."

„Sicher."

„Na, dann treffen wir uns doch morgen Nachmittag um drei hier wieder." Der Junge machte eine Handbewegung, als wenn die Verabredung damit ausgemachte Sache wäre.

Peter war perplex. Warum verstand der Junge denn nicht, was er sagte? Hatte er nicht eben deutlich gemacht, dass er nicht wollte?

Der Junge missverstand ihr Zögern. „Bring ein bisschen Zeit mit, dann verbringen wir einen schönen Nachmittag zusammen! Ich kenn' mich hier aus!"

In diesem Augenblick mischte sich Charlie ein, die das Gespräch offenbar verfolgt hatte. Sie drehte sich auf ihrem Barhocker, so dass es aussah, als stehe sie dicht hinter Petra, nahm sie in den Arm und sagte: „Hast du denn nicht gehört, dass sie gerade gesagt hat, dass sie etwas mit ihren Freunden unternehmen will – mit *uns*?"

„Warum mischst denn du dich ein?", fragte der Junge verstimmt, „wir unterhalten uns hier doch gerade."

„Aber du scheinst nicht zu kapieren, dass meine Freundin sich mit dir *nicht treffen will*." Die letzten drei Wörter sagte Charlie mit besonderem Nachdruck.

Doch der Junge hatte sie schon wieder missverstanden. „Deine *Freundin*? Ist das denn deine *Freundin*? Seid ihr etwa ein Paar?" Der Junge starrte Peter mit großen Augen an, und als weder Charlie, die Peter noch immer von hinten umarmt hielt, noch Peter etwas sagten, stieß er ein angeekeltes „igitt, Lesben!" aus und machte eine Handbewegung, als wollte er einen bösen Geist abwehren. „Wenn das so ist" – sein Tonfall hatte sich abrupt geändert, grenzte nun ans Beleidigende. „Das ist ja echt skurril, meine Güte! Zwei Lesben. Und dabei dachte ich noch vorhin ‚die Kleine ist ja zum Anbeißen', und jetzt das – Lesben!" Der Junge schüttelte sich ostentativ.

Charlie versuchte, ihn zu bremsen. „Jetzt halt aber mal die Luft an! Erstens hast du mich falsch verstanden, und zweitens bist du hier nicht der Moralapostel."

„Aber du? Du bist einer? Eine Lesbe als Moralapostel? Das ist ja echt … ihr seid ja nicht normal …"

In diesem Augenblick trat ein großer Schatten neben ihn. Paul nahm seine Hand, mit der er bei seiner letzten Tirade auf Peter gezeigt hatte, in seine Pranke und hielt sie ganz lässig fest, als wollte er ihm schlicht die Hand geben. Er sah einen Augenblick in das erstarrte Gesicht des Jungen und sagte dann ganz ruhig und ohne die Hand des Jungen loszulassen: „Du wirst dich jetzt augenblicklich bei den Mädchen entschuldigen."

Dem Jungen klappte die Kinnlade herunter. Seine Augen wurden groß und füllten sich mit einer Mischung aus Angst und Aufmüpfigkeit. Doch kein Laut kam aus seinem weit geöffneten Mund. Schließlich aber wurde deutlich, dass er mit sich rang. *So* einfach wollte er nicht aufgeben. Langsam schloss er seinen Mund, und seine Augen richteten sich in dem Versuch, ein wenig von seinem verlorengegangenen Mut und seiner vorgespielten Souveränität wiederzufinden, auf die Augen seines deutlich größeren Gegenübers

„Bist du etwa deren Gorilla, Opa?"

Da drückte Paul ganz langsam die Hand des Jungen herunter, bis dieser sich vor Paul ein wenig neigen musste, und antwortete noch immer ganz ruhig: „Viel schlimmer, mein Junge: Ich bin ihr *Vater*!"

Nun überwog der Schrecken im Gesicht des Jungen über seine Versuche, zur vorherige Coolness zurückzufingen.

„Und?", fragte Paul betont geduldig, als noch immer keine Entschuldigung aus dem Mund des Jungen kam, „wo bleibt die Entschuldigung?"

Der Junge versuchte, seinen Arm aus der Pranke Pauls zu befreien, doch der hielt ihn einfach fest. Beinahe sah es so aus, als wollte der Junge zuschlagen, doch hielt er sich zurück. Dann wandte er sich in aufmüpfigem Ton an die Herumstehenden und -sitzenden, die inzwischen aufmerksam zusahen und rief: „Will mir denn keiner helfen? Der Kerl hier hat mich angegriffen und jetzt tut er mir weh!"

Doch niemand rührte sich. Auch der Barkeeper blieb regungslos hinter seiner Bar stehen.

„Seid ihr alle zu feige?", rief der Junge noch einmal und versuchte, seine Hand durch heftiges Schütteln zu befreien. „Ihr seid ja …"

„Die Mädchen warten noch immer auf deine Entschuldigung", sagte Paul noch einmal in ruhigem, fast freundlichen Ton.

Da nickte plötzlich eine Frau am Tisch, der dem Jungen am nächsten stand, und sagte leise, aber in der Stille gut vernehmlich: „Ja, entschuldige dich gefälligst!"

Und auch ihre Tischnachbarin nickte.

Der Junge spürte, wie sich die Stimmung immer mehr gegen ihn kehrte. Noch einmal versuchte er, seine Hand durch Schütteln zu befreien, doch blieb sie von Pauls Pranke fest umschlossen. Dann sah er hasserfüllt auf Peter, dann auf Charlie und sagte sehr leise: „Entschuldigung."

Das allerdings reichte Paul nicht. Ganz ruhig sagte er: „Du kennst doch diese Szene aus Filmen, oder nicht? Ein kleines Ekel hat jemanden beleidigt und wird dazu veranlasst, sich zu entschuldigen. Er macht es ganz leise. Was sagt daraufhin derjenige, der ihn festhält?" Paul sah den Jungen fragend an.

Der blickte mit großen Augen ahnungslos zurück.

Da antwortete die Frau vom Nachbartisch für ihn: „'Ich kann dich nicht verstehen!'"

Paul lächelte die Frau an, dann sah er wieder auf den Jungen.

„Und?"

„Was ‚und'?", bellte der Junge verzweifelt.

„Erinnerst du dich an die Szene? Was passiert dann?"

„Keine Ahnung, Mann! Woher soll ich das wissen?!" Je mehr dem Jungen die Felle wegschwammen, desto gereizter wurde er.

Für ihn antwortete diesmal die zweite Frau, die am Nachbartisch saß: „Der Junge wiederholt seine Entschuldigung, diesmal laut und vernehmlich und *sehr* höflich."

Paul sah den Jungen auffordernd an.

Der indessen blieb stumm.

Da ließ Paul ihn los, schüttelte den Kopf und sagte: „Mann, bist du begriffsstutzig! Das ist ja unglaublich! So eine Dummheit ist mir wirklich selten begegnet. Mach' dass du fortkommst!"

Die letzten Worte hatte der Junge schon nicht mehr gehört, denn sobald er bemerkt hatte, dass sich der Griff um seine Hand löste, hatte er sich umgedreht und war in der Menge verschwunden, während Charlie, Julie und sogar einige der nahebei sitzenden Gäste des Cafés herzhaft hinter ihm her lachten. – Das Lachen musste dem Jungen nachschallen, bis er den Platz verlassen hatte.

Charlie wandte sich erheitert an Peter, nachdem sie Paul einen dicken Kuss gegeben hatte: „Tja, Mädel, wenn du den Jungs hier so dermaßen den Kopf verdrehst, musst du dich über eine gewisse Wirkung nicht wundern!" Und damit sah sie ostentativ auf Petras Lederjacke und imitierte dann den eindeutigen Blick mancher Jungs, der an ihr herab den Minirock, die schwarzen Strümpfe und die Stiefel taxierte.

Nun wurde Peter doch wieder rot. „Ich hatte ja keine Ahnung …", begann er, brach dann aber ab. Zu fremd war ihm der Gedanke, dass es das Outfit und nicht (ausschließlich) die Dummheit des Jungen gewesen war, das zu der peinlichen Situation geführt hatte.

„Und besonders vorsichtig musst du sein, wenn du dir solche Machos anlachst wie diesen! So einer steht natürlich auf Lederjacken, Miniröcke und Stiefel, aber der will auch die Kontrolle haben. Für den bist du nichts als ein schönes Anhängsel, ein Accessoire – wenn du das allerdings *willst* …"

Charlie tat so, als habe sie soeben verstanden, dass Peter ‚so eine' war, der es gefiel, bloßes Anhängsel eines Machos zu sein, das selbst nichts denken und nichts entscheiden musste. „Dann entschuldige bitte", fuhr sie fort, „dass ich dir gerade die Tour vermasselt habe." Und sie lachte wieder schallend.

Auch Peter musste grinsen. Zugleich aber berührte es ihn eigenartig, dass es Mädchen geben sollte, deren Ziel dies war: Willenloses Anhängsel eines Machos zu sein. Sie konnte sich vorstellen, dass diese Mädchen wunderschön waren. Sie verbrachten wahrscheinlich ihre ganze Freizeit mit Fragen nach Mode und Makeup, sahen ununterbrochen Bilder an, auf denen die schönsten Stars zu sehen waren und versuchten vor dem Spiegel, sie zu imitieren. Und den Rest der Zeit verbrachten sie mit ihrem Macho, der mit ihnen im aufgemotzten BMW durch die Stadt donnerte, sie, wenn möglich im Zweier- oder Dreierpack seinen Kumpels vorzeigte und zwischendurch … etwas anderes mit ihnen tat. Jedenfalls lasen sie sicher keine Bücher zusammen.

Aber dann war er doch froh, als sie endlich einen der Cafétische bekamen, an denen sie sich setzen konnten und damit von der ‚Bühne' an der Bar wegkamen. Peter machte es sich auf dem Stuhl bequem, so gut es in dem kurzen Rock ging, und er machte sich so klein wie möglich. Er wollte nicht mehr die Blicke auf sich ziehen.

Glücklicherweise verstanden es Julie und Charlie, Peter auf andere Gedanken zu bringen. Langsam löste sich die Stimmung wieder, was nicht zuletzt Pauls Verdienst war, der sich einen Spaß daraus machte, vorbeikommenden Passanten Geschichten anzudichten, die er allein aus ihrer Kleidung und der Art ableitete, wie sie sich bewegten und verhielten.

Irgendwann aber wandte er sich um und sah Peter an.

„Aber die tollste Geschichte sitzt ja hier am Tisch", sagte er lächelnd und nahm Peters Hand in die seine. „Eine wunderbare Geschichte!"

Charlie und Julie lächelten ebenfalls und sahen Peter an. Peter wurde es etwas mulmig.

„Hier sitzt ein wunderschönes Mädchen", fuhr Paul fort, „das ein kleines Geheimnis hat. Wenn man das Mädchen so ansieht, ahnt man nichts von diesem Geheimnis. Wirklich *gar nichts*! Aber es ist da! Und von ihm wissen nur wir vier, sonst keiner! Niemand von all den ach so schlauen Leuten hier ahnt etwas davon. Sie bewundern nur die schönen Mädchen, die mit diesem ‚Opa' hier am Tisch sitzen, und fragen sich, wie dieser alte Knacker nur ein solches Glück haben kann. Gleich drei solche Schönheiten!"

„Aber Papa, du hast vorhin doch verraten, dass du unser Vater bist!"

„Ach, stimmt. Aber das haben nicht alle gehört, nur die, die direkt neben uns saßen. Alle anderen fragen sich unentwegt, wie er das wohl geschafft hat. Bestimmt! Ich jedenfalls würde mich das *auf jeden Fall* fragen!"

Julie lachte. „Du hast das geschafft, weil du immer brav bist und das tust, was wir dir sagen!"

„Richtig, das tue ich. Zum Beispiel spendiere ich euch am laufenden Band Getränke."

„Ja, Fanta und Cola, während du selbst Wein trinkst. Das ist ungerecht!"

„Das ist nicht ungerecht, das ist *richtig* so. Aber sag', Petra" – damit wandte sich Paul wieder Peter zu – „wie soll es denn nun weitergehen? Ich meine, übermorgen fährst du wieder nach Hause zurück. Mich würde interessieren: Wer fährt zurück – Petra oder Peter?"

Peter senkte seinen Blick und schaute sein Glas an.

„Warum musst du jetzt die Stimmung verderben, Papa?", beschwerte sich Julie.

„Oh, das wollte ich nicht. Aber mich würde es einfach interessieren. Als ich Petra nämlich zum ersten Mal sah, hatte ich nicht das Gefühl, nur einen verkleideten Jungen vor mir zu haben. Und mich würde interessieren, wie Petra selbst das empfindet."

„Aber siehst du nicht, dass sie ein Mädchen ist?"

„Doch, eben, deswegen frage ich ja. Denn ich kenne ja das kleine Geheimnis, und ich würde gern wissen, wie es damit weitergehen wird."

Einen Augenblick herrschte Stille in dem allgemeinen Gemurmel des Altstadt-Platzes.

„Muss ich denn wirklich übermorgen schon fahren?", fragte Peter schließlich leise.

Paul wandte sich triumphierend an Julie. „Siehst du, mein Schatz, das habe ich gemeint: Sie *will* ja noch gar nicht nach Hause. Petra möchte noch gern bei uns bleiben, und ich glaube, das heißt auch, dass sie noch Petra bleiben möchte. Stimmt das?", wandte er sich wieder direkt an Peter.

Der zögerte einen Augenblick, dann nickte er vorsichtig mit dem Kopf.

„Hast du denn schon mit deinen Eltern darüber gesprochen?"

„Aber Papa, die wissen von alledem doch noch gar nichts."

„Aha", machte Paul bedächtig, „du hast mit ihnen also noch nicht darüber gesprochen?"

Peter schüttelte mit dem Kopf.

„Und, möchtest du das denn tun?"

Peter sah Paul einen Augenblick nachdenklich an und sagte dann: „Ich weiß nicht."

„Wie meinst du das?"

Wieder dachte Peter nach, bevor er leise sagte: „Weil ich nicht weiß ... ob ich es ihnen sagen soll ... dass ich Mädchenkleider trage, meine ich, und ... *wie* ich es ihnen sagen soll, und ... dass ich sie *gern* trage."

Paul nickte verständnisvoll mit dem Kopf. Dann kam ihm doch eine neue Frage auf die Lippen. „Was befürchtest du denn, wenn du es ihnen sagst?"

„Dass sie vielleicht schimpfen werden."

„Warum sollten sie schimpfen?"

„Weil man das normalerweise nicht macht. Ich meine: Ein Junge zieht keine Kleider an, und schon gar nicht ... all das, was noch dazugehört. Das ist doch ... pervers."

„Also, wie ich deine Eltern kenne, werden sie nicht danach fragen, was ‚man' tut. Es wird sie viel mehr interessieren, was dir guttut, meinst du nicht?"

„Aber vielleicht wollen sie einfach nicht, dass ich so herumlaufe."

„Möchtest du denn auch zu Hause so herumlaufen?"

Das war eine gute Frage. Peter wusste keine Antwort. Zu Hause war er Peter und trug Hosen. Er hatte viele Freunde, mit denen er in und außerhalb der Schule ziemlich viel Zeit verbrachte. Er hatte noch nicht darüber nachgedacht, wie es wäre, wenn er auch zu Hause Petra wäre. Was seine Freunde sagen würden, konnte er sich allerdings vorstellen.

„Ich glaube nicht", sagte er vorsichtig. „Da würde ich nur ausgelacht, glaube ich. Das wäre ziemlich komisch, wenn ich nach den Ferien im Rock in die Schule käme, und wenn ich beim Schwimmen in der Umkleidekabine für Jungs den Rock ausziehe und die anderen die Strumpfhose sehen, dann werden sie mich mit Sicherheit verspotten und ich werde nie wieder Freunde haben."

„Aber vielleicht fänden die Mädchen es ganz toll, wenn du plötzlich eine von ihnen wärst."

„Das kann ich mir nicht vorstellen! Schließlich *bin* ich kein Mädchen. Ich spiele nur eins."

„Aber du spielst es gut!", mischte sich Charlie ein.

„Trotzdem", beharrte Peter, „ich will von den Jungen nicht ausgelacht werden."

„Das kann man ja auch verstehen", gab Paul zu. „Wer wollte das schon. Und du wirst noch viel Zeit mit ihnen verbringen müssen, bevor du dein Abitur hast."

„Und wenn Peter einfach nicht mehr in die Schule geht und stattdessen eine neue Schülerin kommt, die zufällig so ähnlich heißt wie Peter, die aber eine ganz andere ist als er?" Julie suchte offensichtlich angestrengt nach einem Ausweg. „Wenn die anderen gar nicht mitbekommen, dass Peter jetzt Petra ist, sondern wenn sie denken, dass Peter in eine andere Stadt umgezogen ist und stattdessen Petra als neue in die Klasse kommt, ein Mädchen, das aus einer anderen Stadt hergezogen ist, dann lernen sie Petra kennen wie ein Mädchen, statt den Jungen in ihr zu sehen, der plötzlich in Mädchenkleidern steckt."

Peter bekam große Augen angesichts der Komplexität dieses Lösungsvorschlags und nicht zuletzt des atemlosen Vortragsstils Julies.

Paul sah ihn aufmerksam an. „Das wäre vielleicht eine Möglichkeit. Allerdings wäre natürlich der Nachname der gleiche wie jetzt, und das ist verräterisch. Besser wäre es wahrscheinlich, man würde mit dem Direktor besprechen, dass du in eine *andere* Klasse kommst, so dass dich deine neuen Mitschüler gleich als Petra kennenlernen würden. Allerdings …"

Die Mädchen waren gespannt, was auf das ‚allerdings' folgen würde.

„Allerdings würde das voraussetzen, dass du tatsächlich Mädchen *bleiben* möchtest. Denn du könntest natürlich nicht am einen Tag als Mädchen in die Klasse VIIIa und am nächsten Tag als Junge in die Klasse VIIIb gehen."

Nun sahen Julie und Charlie Peter aufmerksam an. Der blickte schweigend vor sich hin.

„Möchtest du ein Mädchen *bleiben*?", fragte nach einer kurzen Pause Julie und nahm seine Hand in die ihre.

Peter sah weiter vor sich hin. Er war vollkommen verwirrt. Da kam ihm Charlie zu Hilfe: „Also, Papa, findest du nicht, dass das ein bisschen schnell geht? Am letzten Sonntag war Petra noch Peter und wusste nichts von Röcken und Feinstrumpfhosen und BHs und Highheels. Und heute, fünf Tage später, fragst du ihn, ob er für den Rest seines Lebens ein Mädchen sein will. Was soll sie deiner Meinung nach dazu sagen?"

Paul nickte. „Du hast recht. Tut mir leid, Petra, ich wollte dich nicht in Verlegenheit bringen."

„Du hast sie nicht in Verlegenheit gebracht, es ist für diese Frage nur einfach noch viel zu früh! *Sehr viel* zu früh! Bis jetzt war all das nur ein Spaß. Wir *hatten* unseren Spaß, nicht wahr, Petra?" Peter nickte. „Aber warum sollten wir daraus jetzt etwas so Ernstes machen wie die Frage, ob Petra die Klasse oder sogar die Schule wechseln und Hormone schlucken soll, damit ihr demnächst auch ein Busen wächst."

Paul hob entschuldigend seine Hände. „Okay, okay, ich hab' verstanden! Tut mir leid – ich fand' diese Frage nur einfach so spannend!"

„Sie *ist* ja auch spannend. Aber es ist noch nicht an der Zeit, sie zu beantworten."

„Nur: bis übermorgen muss Petra sie beantwortet haben, oder nicht?"

„Wieso? Sie kann doch noch hier bleiben. Die Ferien haben gerade erst angefangen. Wenn sie will und ihr nichts dagegen habt, kann Petra theoretisch noch *fünf* Wochen lang hier bleiben."

Julie strahlte.

„Dann werden wir aber mit Max und Astrid reden müssen."

„Selbstverständlich! Wir können das schlecht hinter ihrem Rücken machen." Charlie grinste verschwörerisch. „Aber schließlich kann es ja auch sein, dass Petra nach zwei oder drei Wochen entscheidet, dass sie nun die Nase voll hat von dem ganzen Aufwand, von Röcken und Kleidern und Highheels und Schminke und Haarspangen und Seidenstrümpfen und Tattoos ... obwohl, das glaube ich eigentlich nicht: davon hat sie bestimmt nicht so bald genug." Sie grinste Peter verschwörerisch an. „Jedenfalls könnte sie nach einiger Zeit beschließen, dass sie nun doch wieder Peter sein will. Wenn sie erst einmal entdeckt hat, wie aufwändig es ist, 24 Stunden am Tag/7 Tage der Woche ein Mädchen zu sein – dass man als Mädchen auf saubere und gepflegte Fingernägel achten muss, dass man im Rock und mit Highheels nicht Fußball spielt, dass man nicht allein auf die Straße gehen kann – zumindest nicht hier in der Stadt, wo all diese Machos herumlaufen –, dass man ständig angebaggert wird von irgendwelchen Hohlköpfen, die sich einbilden, man würde gut in ihre Sammlung passen, dass ein Mädchen regelmäßig seine ‚Tage' bekommt und Kopf- und Unterleibschmerzen ..."

„Aber doch nicht Petra!", fiel Julie lebhaft ein. „Wie soll sie denn ihre ‚Tage' bekommen!"

Charlie grinste. „Stimmt, ja, fast hätte ich's vergessen bei der heißen Braut, die mir da gegenüber sitzt."

„Aber ich hab's verstanden", räumte Paul ein, „und du hast recht: Petra hat wirklich viel Zeit. Und mit Max und Astrid kann man ja reden, sie werden mit Sicherheit Verständnis haben." Er nickte bedächtig mit dem Kopf, während er nachdenklich Peter ansah. „Ja, so können wir es machen: Du bleibst einfach noch hier, so lange du willst. Wie gut, dass Ferien sind und du auf diese Weise noch wochenlang dein neues Leben einfach ausprobieren kannst! Und was am Ende dabei herauskommt, das muss uns jetzt noch gar nicht kümmern. Für die nächsten Wochen geht es einfach nur darum, den Augenblick zu genießen und jede Gelegenheit zu nutzen, um alle Facetten des Lebens eines Mädchens kennenzulernen! Und womit immer wir dir dabei helfen können, werden wir dir helfen! Schließlich gehörst du ja praktisch zu unserer Familie, bist du ja jetzt eigentlich eines *unserer Mädchen*!"

Inhalt

Von Catherine May sind in der Reihe „Crossdresser-Erzählungen" bisher erschienen:

„Neun Tage Frau – Teil 1"
(Crossdresser-Erzählungen – Band 1)
197 Seiten
ISBN: 978-3-7392-2829-9

„Neun Tage Frau – Teil 2"
(Crossdresser-Erzählungen – Band 2)
190 Seiten
ISBN: 978-3-7392-2999-7

In Neun Tage Frau *ist es eine Frau leid, dass ihr Mann sich immer nur beschwert, sie brauche zu lange für alles, was auch immer sie tue, wenn es um Vorbereitungen zum Ausgehen geht. Sie beschließt, ihn einen ungewöhnlich tiefen Blick in die Welt der Frauen werfen zu lassen mit wirklich allem, was für einen Mann irgendwie körperlich mit- und nachvollziehbar ist. Das Experiment beginnt - aus ‚Tom' wird ‚Judith' und als solche lernt er sehr viel mehr kennen, als er es sich hatte vorstellen können. Vor allem aber entdeckt er den geheimnisvollen Reiz, der darin besteht, in die Kleidung und die Rolle der Frau zu schlüpfen. Die Transformation hat Auswirkungen auf sein Verhalten und mündet in vollständig neue, ungeahnte Erfahrungen. Judith entdeckt eine neue Welt, von der am Ende des Experiments nicht klar ist, ob sie sich von ihr wieder wird trennen lassen wollen.*

„Im Kleinen Schwarzen. Erotische Erzählung"

Teil 1 (Crossdresser-Erzählungen – Band 3), 64 Seiten
ISBN: 978-3-7412-7242-4

Teil 2 (Crossdresser-Erzählungen – Band 4), 80 Seiten
ISBN: 978-3-7431-2847-7

Teil 3 (Crossdresser-Erzählungen – Band 5), 88 Seiten
ISBN: 978-3-7431-9482-3

Teil 4 (Crossdresser-Erzählungen – Band 6), 84 Seiten
ISBN: 978-3-7448-5187-9

Teil 5 (Crossdresser-Erzählungen – Band 7) 92 Seiten
ISBN: 978-3-7460-4948-9

Die Erzählung „Im Kleinen Schwarzen" wird fortgesetzt

Aus einem selbstvergessenen Spiel mit Dessous der eigenen Ehefrau wird plötzlich Ernst.
Von Eva vor dem Spiegel des Schlafzimmerschranks erwischt, findet Alex sich ganz plötzlich auf einem Weg wieder, den er von sich aus so nicht gewählt hätte: Eva will ihn in eine Frau verwandeln. Schneller als er es für möglich gehalten hätte, entgleitet ihm die Kontrolle. Der Zug nimmt Fahrt auf, und selbst als er meint, ihn noch bremsen zu können, rast er unaufhaltsam immer weiter. Eva stellt ihn vor die Wahl, entweder als Frau mit ihr zu leben (wie lange, lässt sie vorerst offen) oder das gemeinsame Haus und damit ihr Leben zu verlassen.
Im Laufe der Zeit geht die Verwandlung von Alex in ein ‚Mädchen' viel weiter, als dieser es sich vorgestellt hatte. Immer wieder kommt er an Punkte, an denen er eigentlich nicht weitergehen will.
Schließlich muss ‚Marie', wie Eva Alex nun nennt, sogar im Sekretärinnen-Look eine Stelle in einer Anwaltskanzlei antreten und im Dirndl auf's Oktoberfest gehen. Doch das ‚dicke Ende' steht ihr erst noch bevor.

**„Ein Sommertagtraum.
Aus Peter wird Petra"**
(Crossdresser-Erzählungen – Band 9)
176 Seiten
ISBN: 978-3-7481-4067-2

Ein Sommertagtraum *ist die Geschichte eines Jungen, der während
eines Ferienaufenthalts zunächst gezwungenermaßen, dann mit
immer mehr Genuss Mädchenkleider trägt.*

*Die Geschichte erlaubt es sich (und den Lesern), zu träumen: So
könnte die Geschichte eines Jungen* auch *verlaufen in einer irgendwie besseren Welt. Sie ist bewusst nicht als erotische Erzählung
angelegt. Peter steht erst an der Schwelle zur Entdeckung der eigenen Sexualität. Umso überraschender sind die Entdeckungen, die er
macht: Es ist, als sei er Teil eines Traums, als hätte er die ‚Welt hinter dem Schrank' betreten und plötzlich ist alles anders, als er es
kennt.*

*Die Faszination der Körperlichkeit äußert sich auch in leiseren Tönen
als im sexuellen Akt. Der Traum aber ist perfekt, wenn das Abenteuer auf die Liebe trifft.*

Verlag und Autorin freuen sich über Rückmeldungen auf www.bod.de/buchshop oder www.amazon.de.